हिन्द पॉकेट बुक्स

उद्देश्यपूर्ण जीवन

डॉ० सर्वेपल्लि राधाकृष्णन् भारत के प्रथम उप-राष्ट्रपति (1952 - 1962) और द्वितीय राष्ट्रपति रहे। वे भारतीय संस्कृति के संवाहक, प्रख्यात शिक्षाविद, महान दार्शनिक, एक महान लेखक और एक आस्थावान हिन्दू विचारक थे। उनके इन्हीं गुणों के कारण सन् 1954 में भारत सरकार ने उन्हें सर्वोच्च सम्मान भारत रत्न से अलंकृत किया था। उनका जन्मदिन (5 सितम्बर) भारत में शिक्षक दिवस के रूप में मनाया जाता है।

AF668694

उद्देश्यपूर्ण जीवन

डॉ. सर्वेपल्लि राधाकृष्णन्

हिन्द पॉकेट बुक्स
पेंगुइन रैंडम हाउस इम्प्रिंट

हिन्द पॉकेट बुक्स

यूएसए | कनाडा | यूके | आयरलैंड | ऑस्ट्रेलिया | सिंगापुर
न्यू ज़ीलैंड | भारत | दक्षिण अफ्रीका | चीन

हिन्द पॉकेट बुक्स, पेंगुइन रैंडम हाउस ग्रुप ऑफ़ कम्पनीज़ का हिस्सा है,
जिसका पता global.penguinrandomhouse.com पर मिलेगा

पेंगुइन रैंडम हाउस इंडिया प्रा. लि.,
चौथी मंजिल, कैपिटल टावर -1, एम जी रोड,
गुड़गांव 122 002, हरियाणा, भारत

पेंगुइन
रैंडम हाउस
इंडिया

प्रथम संस्करण हिन्द पॉकेट बुक्स द्वारा 1989 में प्रकाशित
यह संस्करण हिन्द पॉकेट बुक्स में पेंगुइन रैंडम हाउस द्वारा 2022 में प्रकाशित

कॉपीराइट © डॉ. एस. गोपाल, 1989

सर्वाधिकार सुरक्षित

10 9 8 7 6 5 4 3 2

इस पुस्तक में व्यक्त विचार लेखक के अपने हैं, जिनका यथासंभव तथ्यात्मक
सत्यापन किया गया है, और इस संबंध में प्रकाशक एवं सहयोगी
प्रकाशक किसी भी रूप में उत्तरदायी नहीं हैं।

ISBN 9789353494544

मुद्रकः रेप्रो इंडिया लिमिटेड

यह पुस्तक इस शर्त पर विक्रय की जा रही है कि प्रकाशक की लिखित पूर्वानुमति के बिना इसका व्यावसायिक अथवा अन्य किसी भी रूप में उपयोग नहीं किया जा सकता। इसे पुनः प्रकाशित कर विक्रय या किराए पर नहीं दिया जा सकता तथा जिल्दबंद अथवा किसी भी अन्य रूप में पाठकों के मध्य इसका परिचालन नहीं किया जा सकता। ये सभी शर्तें पुस्तक के ख़रीददार पर भी लागू होंगी। इस संदर्भ में सभी प्रकाशनाधिकार सुरक्षित हैं।

www.penguin.co.in

FSC www.fsc.org
MIX
Paper from responsible sources
FSC® C047271

This is a legitimate digitally printed version of the book and therefore might not have certain extra finishing on the cover.

क्रम

उद्देश्यपूर्ण जीवन

कालिदास

साहित्य की महान् कृतियां, मानव अनुभव की गहराइयों से जन्मती हैं। सदियों बाद की सर्वथा विभिन्न परिस्थितियों में रहने वाले हम लोगों तक वे अपने ही अनुभव की वाणी के रूप में पहुंचती हैं। वे हमारे भीतर ऐसी गूंज के रूप में उठती हैं, जिसके वहां होने की हमने कभी कल्पना नहीं की थी। मनुष्य नियति का सामना करते, भाग्य से लड़ते अथवा प्रेम का आनन्द उठाते हुए अपने अनुभव में जितना गहरा पैठता है, उतना ही अपने अनुभव को अतीत की विभिन्न परिस्थितियों में रहने वाले दूसरों के अनुभव के समान पाता है, जितना अनूठा, उतना ही सार्वभौम। बुद्ध के अथवा प्लेटो के प्रवचन, सोफोक्लिस के नाटक और शेक्सपियर के नाटक राष्ट्रीय भी हैं और सार्वभौम भी। ऐतिहासिक परम्परा से वे जितने अधिक जुड़े हुए हैं, अपने-आप में उतना ही अधिक अनूठे हैं और दूसरों को वे उतना ही अधिक प्रभावित करते हैं। देश और काल की सीमाओं से ऊपर होना महान् कलाकृतियों का विशेष गुण है।

कालिदास भारतीय आत्मा, गरिमा और प्रतिभा के महान् प्रतिनिधि हैं। भारत की राष्ट्रीय चेतना उनकी कृतियों का आधार है। कालिदास ने भारतीय सांस्कृतिक विरासत को समझा, आत्मसात् किया। उसकी आध्यात्मिक दिशाओं की, उसके बौद्धिक विस्तार की, उसकी कलात्मक अभिव्यक्ति की, उसके राजनैतिक स्वरूप की और आर्थिक व्यवस्था की अभिव्यक्ति कालिदास के

सजीव, सशक्त और सुन्दर काव्य में हुई है। हमें कालिदास की कृतियों में गरिमामय भाषा, सटीक वाक्य-विन्यास, शास्त्रीय रुचि, उत्कृष्ट निर्णय, काव्यमय तीव्र संवेदना और फिर विचार एवं भावना का सामंजस्य अपनी पराकाष्ठा पर मिलता है। हम कालिदास के नाटकों में करुणा, ओज और सौन्दर्य के अलावा कथानक निर्माण और चरित्र-चित्रण की महान् दक्षता पाते हैं। राजदरबारों, पर्वतों की चोटियों, समृद्ध घरानों और जंगल के ऋषि-आश्रमों को उन्होंने बड़े नजदीक से देखा है। उन्होंने एक संतुलित दृष्टि पाई है जिससे वह मछियारों, दरबारियों, सेवकों, ऊंचे से ऊंचे और निचले से निचले वर्ग के प्राणियों को सहानुभूति से चित्रित करते हैं। यही महान विशेषता उनके साहित्य को विश्व-साहित्य बनाती है। चाहे उनके विषय विशुद्ध रूप से भारतीय हैं, पर समग्र मानवता उनमें अपने को पहचान लेती है। भारत में कालिदास की संस्कृत साहित्य के महानतम कवि और नाटककार के रूप में जाना जाता है। जब कवियों की गिनती होने लगती थी तो कालिदास को प्रथम मानते हुए अंतिम अंगुली पर गिना जाता था। पर उससे अगली अंगुली सही अर्थ में 'अनामिका' रही, अर्थात् कालिदास का सानी पैदा नहीं हुआ। परम्परा की दृष्टि से कालिदास को 57 ई० पू० विक्रमी संवत् की नींव डालने वाले उज्जयिनी के विक्रमादित्य का समकालीन बताया जाता है। 'विक्रमोर्वशीय' के नायक का नाम पुरूरवा से विक्रम बना देने से भी इस बात का समर्थन होता है कि कालिदास उज्जयिनी के राजा विक्रमादित्य के समकालीन थे। 'मालविकाग्निमित्र' नाटक का नायक अमग्निमित्र इतना प्रसिद्ध राजा नहीं था कि कालिदास का ध्यान विशेष रूप से आकर्षित करता। वह ईसा पूर्व दूसरी शताब्दी में हुआ और विदिशा उसकी राजधानी थी। कालिदास के उसे नायक बनाने और मेघदूत में यह कहने से कि विदिशा एक राजा की राजधानी है, इस निष्कर्ष पर भी पहुंचा जा सकता है कि कालिदास अग्निमित्र के समकालीन थे। 634 ईसा पश्चात् के प्रसिद्ध राहोल शिलालेख में कालिदास को महान् कवि बताया गया है। इससे स्पष्ट है कि कालिदास का युग अग्निमित्र (150 ईसा पूर्व) और इस शिलालेख के दरम्यान आता है। अगर मंडस की कुछ कविताओं अथवा 473 ईसा पश्चात् के शिलालेखों को आधार माना जाए तो कालिदास का युग चौथी शताब्दी पश्चात् नहीं हो सकता। अश्वघोष के 'बुद्धचरित' और कालिदास की रचनाओं में समानताएं पाई जाती हैं। अगर अश्वघोष ने कालिदास से प्रभाव ग्रहण किया है, तो कालिदास प्रथम शताब्दी ईसा पश्चात् से पहले हुए

हैं। अगर कालिदास ने अश्वघोष से प्रभाव ग्रहण किया है, तो यह प्रथम शताब्दी ईशा के बाद हुए हैं

यह भी कहा जाता है कि कालिदास गुप्तकाल में हुए और चंद्रगुप्त द्वितीय के, जिन्हें 'विक्रमादित्य' की उपाधि मिली थी, राजकवि थे। वह 345 ईसा पश्चात् गद्दी पर बैठे और 414 ईसा पश्चात् तक राज करते रहे। हम कोई भी तारीख मानें, अनुमान का सहारा तो लेना ही पड़ेगा। इसके अलावा कोई चारा भी तो नहीं है।

कालिदास ने अपने बारे में बहुत कम लिखा: है । इसलिए बहुत-से ग्रंथ जो उनके नाम से प्रसिद्ध हैं, हम उनकी प्रामाणिकता के बारे में भी विश्वास से कुछ नहीं कह सकते। अलबत्ता प्रायः अग्रांकित ग्रंथ उनके द्वारा लिखे गए माने जाते हैं :

1. अभिज्ञानशाकुन्तल : सात अंकों का एक नाटक, जिसमें दुष्यन्त और शकुन्तला के प्रेम और विवाह की कथा है।

2. विक्रमोर्वशीय : पांच अंकों का नाटक, जिसमें पुरूरवा और उर्वशी के प्रेम और विवाह का वर्णन है।

3. मालविकाग्निमित्र : पांच अंकों का नाटक जिसमें, अग्निमित्र और मालविका के प्रेम का वर्णन है।

4. रघुवंश : सूर्यवंश के राजाओं पर लिखा गया 19 सर्ग का महाकाव्य।

5. कुमारसम्भव : सात सर्ग का महाकाव्य, जिसमें शिव और पार्वती के विवाह और युद्ध के देवता कुमार कार्तिकेय के जन्म का वर्णन है।

6. मेघदूत : 111 श्लोकों का एक काव्य जिसमें यक्ष मेघ द्वारा अपनी पत्नी को संदेश भेजता है।[1]

7. ऋतु-संहार : जिसमें छः ऋतुओं का वर्णन है।

कालिदास ने देश की परम्परागत लोक-कथाओं को अपनी रचनाओ का आधार बनाया और उन्हें अपने उद्देश्य के अनुरूप ढाला। उदाहरण के लिए प्राचीन पौराणिक कथा में शकुन्तला एक विचारवान् सांसारिक युवती है। और दुष्यन्त एक स्वार्थी प्रेमी। कवि प्रेम-भावना को ऋषिकन्या के मन में उत्पन्न हो जाने के पश्चात् वियोग, निराशा आदि को क्रमिक स्थितियों द्वारा पूर्णरूप से विकसित होते दिखाना चाहता है। उसके अपने शब्दों में नाटक को जीवन

---

1. किसी-किसी पाण्डुलिपि में अधिक श्लोक भी हैं ।

की विविधता प्रस्तुत करना और विभिन्न रुचि के लोगों में सौंदर्य और माधुर्य का संचार करना चाहिए।

त्रैगुण्योद्भवमत्र लोक-चरितं नानारसं दृश्यते।
नाट्यं भिन्नरुचेर्जनस्य बहुधाप्येकं समाराधनम्।

कालिदास के जीवन-संबंधी विवरण प्राप्त नहीं है। उनके बारे में बहुत-से उपाख्यान प्रचलित हैं जिनका कोई ऐतिहासिक महत्त्व नहीं। उनकी अपनी रचनाओं से यह बात स्पष्ट है कि उनका युग शिष्टता और समृद्धि का युग था; संगीत, नृत्य और चित्रकला इत्यादि में उनकी रुचि थी; तत्कालीन विज्ञान और विधान से वह परिचित थे और उस समय की दार्शनिक प्रणालियों और रीति-रिवाज का उन्हें भली भांति ज्ञान था। उन्होंने देश-भर का भ्रमण किया था और वह हिमालय के दृश्यों और कश्मीर में उगने वाले केसर के पौधों और फूलों का जो सजीव वर्णन एवं चित्रण किया है, वह एक प्रत्यक्षदर्शी ही कर सकता था।

दूसरे जो बात लम्बी-चौड़ी व्याख्या द्वारा नहीं कह पाते, इस महान् कलाकार ने उसे चन्द शब्दों में व्यक्त कर दिया है। कालिदास कम से कम शब्द और ऐसी सहज भाषा का प्रयोग करने के लिए प्रसिद्ध हैं, जिसमें स्वर और अर्थ का सामंजस्य हो। उनके रेखाचित्र सुन्दर और पूर्ण हैं, पूरे वेग से दौड़ता शाही रथ[1], भागता हुआ हरिण,[2] उर्वशी का रो पड़ना,[3] नारद का कल्प वृक्ष के सदृश आकाश से प्रकट होना[4]। उपमाओं और अलंकारों के प्रयोग में वह अद्वितीय हैं। ;

सरसिजमनुविद्धं शैवलेनाऽपि रम्यम्,
मलिनपि हिसमांशोर्लक्ष्म लक्ष्मी तनोति,
इयमधिक मनोज्ञा वल्कलेनापि तन्वी
किमिव हि मधुराणां मण्डनं नाकृतीनाम्

---

1. विक्रमोर्वशीय, 1-4
2. अभिज्ञान शाकुन्तल, 1-7
3. विक्रमोर्वशीय, 5-19
4. वही 5-19

'कमल काई से सना हुआ भी आकर्षक लगता है। धब्बों से चाँद के सौन्दर्य में वृद्धि होती है। यह कोमलांगी गहरे रंग के वल्कल परिधान में भी सुन्दर लगती है। सुन्दर आकृतियों को कौन चीज सुन्दर नहीं बना देती है।¥[1]

प्रेरणा है। कालिदास की रचनाओं में सीधी सीख नहीं, बल्कि प्रिय पत्नी की कोमल प्रेरणा है। जैसे मम्मट कहते हैं :

कान्तासम्मिततयोपयोपदेशयुजे : रामादिवत् वर्तितव्यम् न रावणादिवत्।

एक महान् आदर्श को कलात्मक ढंग से प्रस्तुत करके कलाकार हमें उसे स्वीकार कराता है। वह जो भी पात्र हमारे सम्मुख लाता है, हम उसी का जीवन जीने लगते हैं और उसके द्वारा हमें मानवता का बहुत-सा सामान्य ज्ञान प्राप्त होता है। कालिदास अपने समृद्ध और भव्य व्यक्तित्व को एक महान् सांस्कृतिक परम्परा के माध्यम से आगे लाते हैं और फिर मुक्ति तथा प्रेम के आदर्शों को उद्घोषित करते हैं। वह संसार में अपना स्थान बनाने के लिए संघर्षरत मनुष्य की इच्छाओं, आकांक्षाओं, आशाओं, सपनों, सफलताओं तथा असफलताओं को व्यक्त करते हैं। समग्र और समन्वित जीवन भारत का आदर्श रहा है और उसे खंडित करने के हर प्रयास का विरोध किया गया है। कवि आत्मा को विभाजित करने वाले मनोवैज्ञानिक द्वंद्वों का वर्णन करता है और समग्रता बनाए रखने में हमारी सहायता करता है।

कालिदास ने अपनी रचनाओं में सौंदर्य के क्षण, साहस की घटनाएं, उत्सर्ग के कार्य और मानव-हृदय की धड़कनें हमारे लिए सुरक्षित कर दी हैं। कालिदास की रचनाएं हमेशा इसीलिए पढ़ी जाएंगी क्योंकि मानवीय भावों का उन्होंने जिस गहराई से वर्णन किया है, वह सिर्फ एक महान् कवि ही कर सकता है। उनकी बहुत-सी पंक्तियां संस्कृत में कहावतें बन चुकी हैं। 'कुमारसम्भव' के पहले ही छंद में कवि यों बोलते सुनाई पड़ता है, जैसे हिमालय एक गज़ हो जिससे विशाल भूमि को पूर्व सागर से पश्चिम सागर तक मापा जा रहा है ।

उसके कहने का तात्पर्य यह है कि हिमालय की तलहटी में जिस संस्कृति का विकास हुआ, वह दुनिया-भर की संस्कृतियों का 'मापदण्ड" है। यह संस्कृति

---

1. अभिज्ञानशाकुन्तल, 1-17

विशेष रूप से आध्यात्मिक है। हम सामान्य रूप से कालचक्र से बंधे हुए हैं, अर्थात् ऐतिहासिकता ने हमारे अस्तित्व की सीमाएं निर्धारित कर रखी हैं। हमारा उद्देश्य यह होना चाहिए कि हम इन सीमाओं से ऊपर उठकर उस यथार्थ को समझे, जो समय और इतिहास के पीछे और परे है, जो अस्तित्व में नहीं आता,जो निरपेक्ष है, अनैतिहासिक है। हम उसकी कल्पना नहीं कर सकते, उसे मूर्ति अथवा शब्दों का रूप नहीं दे सकते। ऐतिहासिक विधाओं में जितना हम सोच और व्यक्त कर सकते हैं, हम उससे कहीं अधिक जानते हैं। मानव जीवन का लक्ष्य अपने अनुभव द्वारा उस निरपेक्ष यथार्थ से अवगत होना है। रघुवंश के इन शब्दों, 'ब्रह्मभूयं गतिं आजगाम' पर विचार कीजिए। ज्ञानवान् मनुष्य सर्वोच्च कालरहित जीवन को प्राप्त होता है। अच्छे कामों का फल स्वर्ग है। हम अपने-आप को अपने द्वारा ही जानते हैं : आत्मानमात्मना वेत्ति।[1] स्वयं ही ज्ञाता हैं, और स्वयं ही ज्ञेय हैं : वेद्यं च वेदिता चासि।[2] और फिर : यमक्षरं वेदविदो वि दुस्तमात्मा नमात्मन्य वलोकयन्तम्।[3] सर्वोच्च समाधि में लीन रहता है। चाहें वह दूसरों के तपों का फल देने वाला है, पर वह स्वयं भी तप करता है : 'स्वयं विधाता तपसः फलानाम् केनापि कामेन तपश्चचार।[4]

निरपेक्ष जो तमाम अंधकार से परे यथार्थ है, आत्मा और पदार्थ के विभाजन से ऊपर है। वह सर्वज्ञ, सर्वव्यायक और सर्वशक्तिमान है। वह अपने-आप को तीन रूपों (त्रिमूर्ति) ब्रह्मा, विष्णु, शिव अर्थात् निर्माता, पोषक और सहांरक, में व्यक्त करता है। इन तीनों देवताओं का समान पद है और भक्त अपनी पूजा के लिए इन तीनों में से किसी भी एक को चुन सकता है। अपने दैनिक जीवन में कालिदास शैव मत के अनुयायी थे। शाकुन्तल, विक्रमोर्वशीय और मालविकाग्निमित्र तीनों नाटकों के मंगलाचरण से पता चलता है कि कालिदास शिव के भक्त थे।

रघुवंश का पहला पद है :

वागर्थाविव संपृक्तौ वागर्थप्रतिपत्तये।
जगतः पितरौ वन्दे पार्वतीपरमेश्वरौ ।।

1. कुमारसम्भव, 2-10; भगवद्गीता 10-15
2. वहीं, 2-15; वहीं, 11-17
3. कही 3.50
4. वही, 1-57

मालविकाग्निमित्र में कामना की गई है कि भगवान् हमें सन्मार्ग पर लगाए; विक्रमोर्वशीय में उसे भक्तियोंग सुलभ अर्थात् भक्ति द्वारा सहज में प्राप्त हो जाने वाला बताया गया है; शाकुन्तल में उसे अपने आठ रूपों में देखा जा सकता है। धर्म का एकमात्र प्रयोजन ईश्वरीय सत्य के साक्षात्कार के लिए अंतर्दृष्टि प्रदान करना है।

चाहे कालिदास शिव के भक्त थे, पर उनका दृष्टिकोण एकांकी अथवा संकीर्ण नहीं था, उनमें हिन्दू धर्म की परम्परागत उदारता थी। वह दूसरों के विचारों का आदर करते थे।[1]

कालिदास की सभी धार्मिक मतों के प्रति सहानुभूति है, वह पूर्वाग्रह और कट्टरता से मुक्त हैं। प्रत्येक व्यक्ति किसी भी रूप की अराधना कर सकता है, क्योंकि वह सच्चिदानंद भगवान ही इन सब रुपों प्रकट होता है और जो इन तमाम रूपों के पीछे अरूप है।

त्वमेव हव्यं होता च भोज्यं भोक्ता च शाश्वतः
वेद्यं च वेदिता चासि ध्याता ध्येयं च तत्परम् ॥[2]

रघु अज को गद्दी पर बैठाने के बाद वन को चला जाता है और तपस्वी का जीवन बिताता है और जो अंधकार से परे है, उसे प्राप्त करता है ।

तपसः पमापदत्ययं पुरुष योगसमाधिना रघुः।[3]

जब तक हम धर्म के सर्वोच्च लक्ष्य को प्राप्त नहीं कर लेते, समय की अनिश्चितता से ऊपर नहीं उठ जाते, उन्नति करने और मंजिल की ओर बढ़ने का अवसर प्राप्त है। लक्ष्य तक पहुंचने की इस यात्रा में हम कर्म के सिद्धांत द्वारा शासित होंगे। कालिदास पुनर्जन्म के सिद्धांत को मानते हैं :

रम्याणि वीक्ष्य मधुरांश्च निशम्य शब्दान्
पर्युत्सुकीभवति यत् सुखितोपि जन्तु :

---

1. हुएनसांग ने लिखा है कि हर्ष ने प्रयाग के महापर्व के पहले दिन बुद्ध को, दूसरे दिन अपने पिता को और प्रिय आराध्य सूर्य को और तीसरे दिन शिव को एक प्रतिमा भेंट की।
2. कुमारसम्भव, 2-15
3. रघुवंश, 24

तच्चेतसा स्मरति नूनमबोधपूर्वम्
भावस्थिराणि जननान्तरसौहृदानि ॥

राम द्वारा त्यागने पर सीता कहती है, 'पुत्र हो जाने पर मैं सूर्य में दृष्टि बांधकर ऐसी तपस्या करूंगी कि अगले जन्म में भी आप ही मेरे पति हों, आपसे मुझे अलग न होना पड़े।'

पूर्णता प्राप्त करने के मार्ग का यह जीवन एक चरण है। जिस प्रकार यह वर्तमान हमारे कर्मों का नतीजा है, उसी प्रकार अपने इस जन्म के कर्मों से हम अपना भविष्य संवार सकते हैं। संसार एक नैतिक शासन के अधीन है। अन्त में नेकी की जीत होती है। अगर हमें कालिदास के यहां ट्रेजिडी नहीं मिलती तो इसका कारण यही है कि वह एकता और शालीनता को अंतिम सत्य मानते हैं। अपने इसी विश्वास के बल पर वह अधिकांश स्त्री-पुरुषों के दुर्भाग्य के प्रति हमारे मन में सहानुभूति जगाते हैं।

कालिदास की रचना इस मिथ्या धारणा को झुठलाती है कि हिन्दुओं की अलौकिक में अधिक रुचि थी और वे लौकिक की उपेक्षा करते थे। कालिदास का अनुभव बहुत ही व्यापक था। वह जीवन, जनगण, चित्रों और फूलों में आनन्द अनुभव करते थे। वह मनुष्य को क्रमबद्ध संसार और धर्म की शक्तियों से अलग नहीं करते। वह मनुष्य के दुख, आकांक्षा, लघु उल्लास और असीम आशा की परिधि को समझते हैं। वह मानव जीवन के चार मुख्य पक्षों— धर्म, अर्थ, काम और मोक्ष–पर ध्यान आकर्षित करते हैं। आर्थिक पक्ष, जिसमें राजनैतिक और कलात्मक भी शामिल हैं, नैतिक मूल्यों द्वारा नियंत्रित होना चाहिए। साधन और साध्य परस्पर सम्बद्ध हैं। जीवन सामाजिक संबंधों द्वारा ही जीने योग्य बनता है। उन सम्बन्धों को स्वच्छ और सुन्दर बनाना कवि का कर्तव्य है।

कालिदास के सम्मुख यह प्रश्न कभी नहीं आया कि वह धर्म और नैतिकता अथवा प्रगति और सुरक्षा में से किसी एक का चुनाव करें। वे कदाचित् परस्पर विरोधी नहीं।

इतिहास एक प्राकृतिक नहीं, बल्कि नैतिक घटना-चक्र है। यह ऐहिक प्रक्रिया नहीं है। इसका सार तत्त्व आध्यात्मिक में है जो इस प्रक्रिया को निर्धारित करता है। इतिहासकार भीतर की इस नैतिक संचालक शक्ति को देखे और समझे। इतिहास नैतिक मनोबल से बनता है, स्वाधीनता और सृजन जिसकी

अभिव्यक्तियां हैं।

रघुवंशी राजा जन्म ही से शुद्ध और पवित्र थे। वे धरती से समुद्र तक फैली हुई पृथ्वी के स्वामी थे : आसमुद्रक्षितीशानाम्। वे दान करने के लिए धन इकट्ठा करते थे, सत्य की रक्षा के लिए बहुत कम बोलते थे, यश बढ़ाने के लिए ही दूसरे देश जीतते थे और और संतान उत्पन्न करने: के लिए विवाह करते थे। वे बचपन में पढ़ते थे, तरुणाई में संसार के आनन्द भोगते थे। बुढ़ापे में ऋषियों के समान तपस्या करते थे और अन्त में योग द्वारा अर्थात् ब्रह्म का ध्यान करते हुए, शरीर छोड़ते थे।

जैसे सूर्य अपनी किरणों से पृथ्वी का जो जल सोखता है, उसका सहस्र गुना बरसा देता है, वैसे ही रघुवंशी राजा अपनी प्रजा की भलाई में लगा देने के लिए ही राजस्व जमा करते थे। राजा को धर्म और न्याय का पक्ष लेना चाहिए। राजा ही अपनी प्रजा का सच्चा पिता है, वह उनकी शिक्षा का प्रबंध करता है, उनके लिए जीविका के साधन जुटाता है, जबकि पिता कहलाने वाले दूसरे लोग तो केवल जन्म-भर देने वाले पिता हैं ।

आज के राज्य में प्रत्येक व्यक्ति सोचता था कि वह उसका व्यक्तिगत मित्र है।

अहमेव मतो महीपतेरिति सर्वः प्रकृतिष्वचिन्तयत् ।

शाकुन्तल में तपस्वी दुष्यन्त से कहता है : 'आपके शस्त्र तो पीड़ितों की रक्षा के लिए हैं, निरपराधों को मारने के लिए नहीं।'—'आर्तत्राणाय वः शस्त्रं न प्रहर्तुमनागसि।' दुष्यन्त और शकुन्तला के बेटे भरत को, जिसके नाम पर इस देश को भारतवर्ष कहा जाता है, सर्वदमन कहा गया है—न सिर्फ वह जिसने जंगल के प्रत्येक हिंसक पशु को जीत लिया, बल्कि वह, जिसने अपने- आप को भी जीत लिया। राजा के लिए अपने-आप को जीत लेना आवश्यक था।[1]

रघुवंश में अग्निवर्ण दुराचार का मार्ग अपनाता है। उसके इतनी पत्नीयां हैं कि वह हमेशा उन्हें उनके सही नाम तक से नहीं पुकार सकता। उसे भयंकर रोग लग जाता है लेकिन इस हालत में भी अपने को भोग-विलास से रोक

---

1. कौटिल्य कहता है कि उसे भारत इसलिए कहा जाता है कि वह दुनिया का भरण-पोषण करता था : भारत इति लोकस्य भारणात्।

नहीं पाता। उसकी मृत्यु हो जाती है ।

कालिदास सदाचारी ऋषियों और मुनियों, नायक और नायिकाओं के चित्र प्रस्तुत करते हैं। वे एक सभ्यता के भीतर निर्देशक की भूमिका अदा करते हैं। सदाचार और आत्मनियंत्रण उनके विशेष गुण हैं। एक शिष्ट और सभ्य मानव जीवन के लिए अनुशासन आवश्यक है। कालिदास कहते हैं : 'ओ सुभद्रे, खान से निकली सबसे अच्छी मणि को जब तक तराश न लिया जाए, तब तक उसे सोने में नहीं जड़ा जा सकता।[1]

अप्याकरसमुत्पन्नो मणिजातिरसंस्कृतः ।
जातरूपेण कल्याणि नहि संयोगमर्हति ॥[2]

चाहे कालिदास की रचनाओं में सच्चरित्रता का गुणगान है और ऋषि-मुनियों का आदर-सत्कार है, पर वह भिक्षापात्र का पुजारी नहीं।

धर्म के नियम रूढ़ और अपरिवर्तनशील नहीं हैं। अतीत से मिली परम्परा की व्याख्या अपनी अंतर्दृष्टि और आत्मबोध से ही की जाती है। परम्परा और व्यक्तिगत अनुभव एक-दूसरे में घुलमिल जाते हैं। हम अतीत के उत्तराधिकारी हैं लेकिन भविष्य के रक्षक भी हैं। मतलब यह है कि प्रत्येक व्यक्ति को अपने आचरण का रहनुमा अपने भीतर के केन्द्र बिन्दु में ढूंढ़ना चाहिए। जब अर्जुन भगवद्गीता के प्रथम अध्याय में अपने को समाज की मांग के अनुरूप ढालने से इनकार करता है, जिसका तकाजा यह है कि क्षत्रिय के नाते लड़ना उसका धर्म है; जब सुकरात कहता है : 'एथेन्सवासियो, मैं तुम्हारे आदेश का पालन करने के बजाय भगवान् के आदेश का पालन करूंगा,' तब वे बाहरी अनुरूपता के बजाय आंतरिक निष्ठा को अपना आधार बनाते हैं।

प्राचीन वैदिक साहित्य में जड़ और चेतन की, समग्र जीवन की एकरूपता पर बल दिया गया है और बहुत-से वैदिक देवता प्रकृति की प्रमुख शक्तियों के साकार रूप हैं। ब्रह्माण्ड की आत्मा को जानने के लिए प्रकृति की गोद में, पर्वत की चोटीं पर अथवा जंगल की तृण कुटी में जाने का विचार प्रारम्भिक काल से चला आ रहा है। मानव के नाते हमारी जड़ें प्रकृति में हैं और प्राकृतिक जीवन में हम कई तरह से भाग लेते हैं। रात और दिन का लयताल, मौसमों का बदलाव, मनुष्य की बदलती प्रवृत्ति स्वभाव और अस्थिरता को इंगित करते

---

2. मालविकाग्निमित्र, 5-18

हैं। कालिदास के लिए प्रकृति यांत्रिक या व्यक्तित्वविहीन नहीं है। उनके अपने आकर्षण हैं। उनके पात्र पेड़ और पौधों के, पर्वतों और नदियों के भावुक प्रशंसक हैं और पशुओं के प्रति उनके मन में भ्रातृव्व की भावना है उनकी रचनाओं में हम फूलों को खिलते, पक्षियों को आकाश में उड़ते और पशुओं को किलोलें करते देखते हैं। रघुवंश में हम-गौ-प्रेम का विशेष वर्णन पाते हैं। ऋतु-संहार में छहों ऋतुओं का मोहक वर्णन हुआ है। इसमें न सिर्फ कालिदास के सौंदर्य-बोध का पता चलता है, बल्कि यह पता चलता है कि मानव स्वभाव और आकांक्षाओं की उनकी पकड़ कितनी गहरी थी।

शकुंतला में पर्दा उठते ही शकुंतला और उसकी दो सखियां कण्व के आश्रम के पेड़, पौधों और लताओं को सींचती दीख पड़ती हैं, जहां तारों भरा जगमगाता आकाश सुन्दर फूल और अल्हड़ पशु मानव अनुभव का अभिन्न अंग हैं। सींचना शकुन्तला के लिए थका देने वाला नीरस काम नहीं बल्कि इसमें वह आनन्द का अनुभव करती है।

न केवलं तातनियोगः अस्ति ममापि सोदरस्नेह एतेषु ।

मैं इन्हें केवल पिता की आज्ञा ही से नहीं सींचती हूं, मैं स्वयं भी इन्हें अपने सगे जैसा प्यार करती हूं।'

कालिदास के लिए नदियों, पर्वतों, जंगलों और पेड़ों का भी एक जीवित व्यक्तित्व है, जैसे पशु मनुष्य और देवताओं का।

शकुन्तला प्रकृति का शिशु है। जब उसकी अमानुषी माता मेनका उसे फेंककर चली जाती है तो आकाश के पक्षी उसे उठा लेते हैं और जब तक कण्व ऋषि उसे अपने आश्रम में नहीं ले जाते, वहीं उसका लालन-पालन करते हैं। शकुन्तला पौधों की देख-भाल करती है, उन्हें बढ़ते हुए देखती है। जब उनमें कलियां फूटती हैं और फूल तथा फल आते हैं तो उसे उत्सव के रूप में मनाया जाता है। शकुन्तला अपने पालतू पशुओं और पौधों का ममतामयी मातां के सदृश पालन करती है। वे अगर प्रत्युत्तर देते थे तो अचरज ही क्या है। शकुन्तला के विवाह के अवसर पर पेड़ों ने अपने उपहार भेजे। जंगल के देवी-देवताओं ने आशीर्वादों की बौछार की और पछियों ने कुहू-कुहू कलरव द्वारा प्रसन्नता व्यक्त की। शकुन्तला की संभावित विदाई से आश्रम विषाद से भर गया। मृगों ने अपने मुंह के कौर गिरा दिए, मोरों ने अपना नृत्य बंद

कर दिया, और लताओं ने पत्तों के आंसू टपकाए।

जब सीता को राम ने त्याग दिया तो मोरों ने हठात् नाचना बन्द कर दिया, वृक्ष-फूलों के आंसू गिरने लगे और हिरणियों ने अपने आधे चबाए हुए दर्भा घास के कौर मुंह से गिरा दिए :

नृत्यं मयूराः कुसुमानि वृक्षाः दर्भानुपातान्विजहुर्हरिण्यः ।
तस्याः प्रपन्ने समदुःखभावमत्यन्तमासीद्रु दितं वनेऽपि ॥

कालिदास जिस चीज का भी वर्णन करते हैं, लगता है कि हम उसे प्रत्यक्ष अपनी आंखों देख रहे हैं। उनमें दृश्यांकन की अद्भुत शक्ति है। उस भागते हुए हिरण का सजीव चित्रण देखिए, जिसका पीछा करते हुए दुष्यन्त आश्रम में जाता है :

ग्रीवाभंगाभिरामं मुहुरनुपतति स्यन्दने बद्धदृष्टिः
पश्चार्धेन प्रविष्टः शरपतनभयाद्भूयसा पूर्वकायम् ।
दर्भैरर्धावलीढैः श्रमविवृतमुखभ्रंशिभिः कीर्णवर्त्मा
पश्योदग्रप्लुतत्वाद्वियति बहुतरं स्तोकमुर्व्याम् प्रयाति।

(बार-बार पीछे मुड़कर इस रथ को एकटक देखते हुए सुन्दर लगने वाला हिरण बाण लगने के डर से अपने पिछले आधे शरीर को सिकोड़कर आगे के भाग से मिलाता हुआ कैसा दौड़ा चला जा रहा है। थकावट के कारण इसके खुले हुए मुंह से आधी चबाई हुई घास मार्ग में गिरती चली जा रही है। और देखो, यह इतनी लम्बी छलांगें भर रहा है कि इसके पांव भी पृथ्वी पर नहीं पड़ रहे हैं। ऐसा लगता है कि मानो यह आकाश में उड़ा जा रहा हो ।)

प्रकृति के बारे में कालिदास की जानकारी न सिर्फ सही थी, बल्कि सहानुभूतिपूर्ण थी। उनका निरीक्षण कल्पना से आप्लावित था। उनका हिमालय की बर्फ का वर्णन, गंगा की सशक्त धारा का संगीत और विभिन्न पशुओं का निनाद उनके मानवीय हृदय और प्रकृति के सौंदर्यवोध का परिचायक है।

कोई भी व्यक्ति तब तक कालिदास की महानता तक नहीं पहुंच सकता, जब तक कि वह उस जीवन के गौरव और महत्त्व को न पहचान ले जो मानवीय नहीं है। हमें जीवन के सभी रूपों के प्रति सहानुभूति विकसित करनी चाहिए।

दुनिया सिर्फ मनुष्य ही के लिए नहीं बनाई गई है।

स्त्री और पुरुष के प्रेम ने कालिदास को आकर्षित किया और उन्होंने अपनी कल्पना की सम्पूर्ण शक्ति विभिन्न प्रकार के प्रेम-वर्णन करने में लगा दी। वह किसी वर्जना को नहीं स्वीकारते। उनकी स्त्रियां पुरुषों की अपेक्षा मन को अंधिक छूती हैं क्योंकि वे कालेतर सार्वभौम गुण को उद्घाटित करती हैं जबकि पुरुष शुष्क और अस्थिर हैं। वे सतह पर रहते हैं जब कि स्त्रियां गहराइयों में उतरती हैं। पुरुषों की होड़ और आत्माभिमान दफ्तरों, फैक्टरियों और युद्धक्षेत्र में उपयोगी हो सकता है, लेकिन इससे कोमलता, आकर्षण और स्वच्छता का कोई संबंध नहीं। व्यवस्था और शान्ति से अपने सहज प्रेम के कारण स्त्रियां परम्परा को जीवित रखती हैं।

कालिदास जब नारी-सौंदर्य का वर्णन करते हैं तो रूढ़िगत ढंग अपनाते हैं और काम-वासना में अनुरक्त जान पड़ते हैं, और कई बार इससे भी आगे बढ़ जाते हैं। मेघदूत में यक्ष मेघ के सम्मुख अपनी पत्नी का वर्णन इन शब्दों में करता है :

तन्वी श्यामा शिखरिदशना पक्वबिम्बाधरोष्ठी
मध्ये क्षामा चकितहरिणीप्रेक्षणा निम्ननाभिः ।
श्रोणीभारादलसगमना स्तोकनम्रा स्तनाभ्यां
या तत्र स्याधुवतिविषये सृष्टिराधेव धातु ॥

वहां जो पतली-दुबली, नन्हे-नन्हे दांतों वाली, पके हुए बिम्बाफल के समान लाल होंठों वाली, पतली कमर वाली, डरी हुई हिरणी समान आंखों वाली, गहरी नाभि वाली, नितम्बों के बोझ से धीरे-धीरे चलने वाली और स्तनों के बोझ से कुछ आगे को झुकी हुई युवती तुम्हें दिखाई दे, वही मेरी पत्नी होगी। उसकी सुन्दरता देखकर, यही जान पड़ेगा मानो ब्रह्मा की सबसे बढ़िया कारीगरी वही हो।

मालविकाग्निमित्र के दूसरे अंक में राजा द्वारा मालविका का वर्णन भी देखिए :

दीर्घाक्षं शरदिन्दुकान्तिवदनं बाहून्नतावंसयो :
संक्षिप्तं निबिडोन्नतस्तनमुरः पार्श्वे प्रमृष्टे इव ।

मध्यः पाणिमितोऽमितं च जघनं पादावरालांगुली
छन्दो नर्तयुतर्यथैव मनसिश्लिष्टं तथास्याः वपुः ॥

इसकी बड़ी-बड़ी आंखें, चमकता हुआ शरद के चंद्रमा जैसा मुख; कन्धों पर थोड़ी झुकी हुई भुजाएं, उभरते हुए कड़े स्तनों से जकड़ी हुई छाती, चिकनी- चिकनी कांखें, मुट्ठी-भर कमर, मोटी-मोटी जांघें और थोड़ी-थोड़ी झुकी हुई दोनों पैरों की अंगुलियां। बस, ऐसे जान पड़ती हैं मानो इसका शरीर इसके नाट्य गुरु गणदासजी के कहने पर ही गढ़ा गया हो।

यहां वह हमारे सामने एक विशिष्ट नर्तकी का एक ऐसा रेखाचित्र प्रस्तुत करते हैं, जिसपर एक चित्रकार को भी ईर्ष्या हो।

कालिदास ने जिन नारियों का चरित्र चित्रण किया है, उनमें बहुत-सी बेहद दिलचस्प हैं। उनमें से अक्सर समाज के रूढ़िगत विधि निषेधों के आगे झुकतीं नहीं। उनका विरोध और आक्रोश सोचने पर बाध्य करता है। पुरुष संतुष्ट हैं और अपने को सुरक्षित महसूस करते हैं। बहुपत्नी प्रथा उनके लिए एक सामान्य बात है। लेकिन कालिदास की नारियां कल्पनाशील और विचारशील हैं, इसलिए वे शंकाओं और दुविधाओं से पीड़ित हैं। वैसे वे चरित्रहीन नहीं, सती-साध्वी और प्रिय हैं।

प्रेम के मार्ग में जो कठिनाइयां और विपत्तियां सहन की जाती हैं, उनसे प्रेम गहरा जाता है। अपने मार्ग की बाधाओं से वह तीव्रता में उसी प्रकार सौ गुना बढ़ जाता है जिस प्रकार नदी का बहाव मार्ग में ऊबड़-खाबड़ चट्टानों के आने से बढ़ जाता है। मिलन न भी हो तो वियोग की यातनाओं में प्रेम का वास्तविक सुख प्राप्त होता है। मेघदूत में, रति-विलाप और अज-विलाप में वियोग की पीड़ा का मर्मस्पर्शी वर्णन हुआ है।

मिलन में प्रेम-सुख का वर्णन विक्रमोर्वशीय में मिलेगा।

मालविकाग्निमित्र में रानी को धारिणी कहा गया है क्योंकि वह हर एक चीज धारण किए हुए हैं। उनमें गरिमा भी है और सहनशीलता भी। जब एक नृत्य-दृश्य में, जिसकी योजना विदूषक ने बनाई थी, राजा का ध्यान आकर्षित करती है तो वह कठोर शब्दों में राजा की भर्त्सना करती है कि अगर आर्यपुत्र अपने राज्य की देखभाल में इतनी निपुणता दिखाते तो कितना अच्छा होता। यदि राजकार्येष्वपि इद्दशी उपायनिपुणतार्यपुत्रस्य ततः शोभनं भवेत्। जब उसका पति पहले इरावती और फिर मालविका से प्रेम करने लगता है

तब भी उसकी निष्ठा बनी रहती है। तब परिव्राजिका कौशिकी को आश्चर्य होता है : 'ये कुलीन स्त्रियां अपने स्वामियों की सेवा में रत रहती हैं चाहे यह उनकी इच्छा के विपरीत हो ।'

बहुत-सी ठोकरें खाने के बाद कौशिकी धार्मिक जीवन बिताने लगी थी। वह धारिणी के मन को सान्त्वना भी देती है और विचलित भी करती है। परिव्राजिका होते हुए भी यह नृत्यकला और सांप के काटे का इलाज करने में निपुण है।

इरावती महत्वाकांक्षिणी, क्रोधी, अविश्वासिनी और अभागिनी है। जब राजा उसे मालविका के लिए छोड़ देता है तो वह कटु शब्दों में राजा को डांटती- फटकारती है।

मालविका के प्रति राजा का प्रेम वासनामय है। राजा उसके सौंदर्य और शालीनता पर मुगध है। विक्रमोर्वशीय में मानव और अतिमानव का समन्वय मिलता है। उर्वशी का चरित्र सामान्य जीवन से कुछ अलग है। वह अपने पति को बिना देखे ही निगरानी कर सकती है और जो कुछ वह कहे, उसे सुन सकती है। उसमें ममता का अभाव है क्योंकि वह पति को छोड़ने के बजाय अपने बच्चे को छोड़ देती है। उसका प्रेम स्वार्थान्ध है और उसका रूपान्तर ईर्ष्याजनित पागलपन का नतीजा है।

पुरूरवा प्रेम का राग अलापते हुए आनन्दविभोर हो जाता है। वह कहता है कि संसार का शासन भी इतना मधुर और सुरामय नहीं है जितना कि प्रेमी का प्रेयसी के चरणों में बैठना। जो प्रेम में असफल हुआ उसके लिए रात अंधेरी और सूनी है और जिसकी प्रेम में जीत हुई, उसके लिए वह चमकीली और परमसुख देने वाली हो जाती है।

इस नाटक में हम फूलों को फलों में, धरती को स्वर्ग में और शारीरिक आकर्षण पर आधारित काम-वासना को नैतिकता और आध्यात्मिकता पर आधारित शुद्ध पवित्र प्रेम में बदलते देखते हैं। शकुन्तला को अपनी मां मेनका से सौंदर्य और हृदय की कोमलता तथा अपने पिता, प्रसिद्ध तपस्वी, विश्वामित्र से धैर्य और क्षमाशील प्रेम विरासत में मिला है। स्वाधीनता की भावना और जीवन की तपस्या उसे अस्तित्व में लाई। उसके जीवन में स्वाधीनता और संयम, धरती और स्वर्ग दोनों का संगम है।

प्रथम अंक में हमें यौवनसुलभ उद्विग्नता मिलती है। पहली दृष्टि में ऋषि-कन्या सहज निरीहता और पूर्ण विश्वास के साथ अपने-आप को राजा

को समर्पित कर देती है। उसने चूंकि मनोगत भावनाओं को नियंत्रित करना और जीवन को रीति-रिवाज के अनुरूप ढालना नहीं सीखा है, इसलिए वह प्रकृति के असंदिग्ध मार्ग का अनुसरण करती है।

दुष्यन्त भूल से, जिसके लिए कवि उसे जिम्मेदार नहीं ठहराता, शकुन्तला को पहचानता नहीं। वह कहता है कि उसे परायी स्त्री पर आंख नहीं डालनी चाहिए—अनिवर्णनीयम् परकलत्रम्। एक समर्पित पत्नी को जिस घोर विपत्ति का सामना करना पड़ सकता है, वह शकुन्तला ने किया। पति उसे अपमानित करता है। उसका मन रिक्त हो जाता है और वह दुख, भय और निराशा में भरी अकेली खड़ी है। पति के पास पहुंचने तक वह परित्याग की जो यातना सहन करती है, जिस साहस और धैर्य का परिचय देती है और जो संयत जीवन बिताती है, कवि उसका वर्णन करता है। दुष्यन्त और शकुन्तला दोनों दुख उठाते हैं, दोनों विषाद द्वारा परिष्कृत होते हैं और आध्यात्मिक शान्ति का पुरस्कार पाते हैं। जवानी की उत्तेजना और वासना की तीव्रता खत्म हो जाती है। प्रेम अब एक ऊंचे स्तर पर पहुंच गया है और आनन्द की लघु चमक जीवन के स्थायी आह्लाद में बदल गयी है। लालसा जीवन की शुद्धता और पवित्रता से आ जुड़ी है। प्रकृति और आभा-शान्ति में घुल-मिल गई है।

कालिदास प्रेमियों के प्रथण मिलन को नैतिक पतन नहीं मानते। वे पापी नहीं, बल्कि विरह-पीड़ा में उनका विकास होगा।

शारीरिक आकर्षण से उत्पन्न हुए प्रेम का शुद्धता और संयम में रूपांतर होना चाहिए। स्वर्ग में पहुँचने के प्रयास में पार्वती और शकुन्तला दोनों को खोह के किनारे-किनारे चलना पड़ता है।

यौनाचरण और अध्यात्म -प्राप्ति में कोई असंगति नहीं है अलबत्ता वर्बर जीवन अथवा असंयत लालसा में अवश्य असंगति है। नियम-संयम से जिया गया भोग का जीवन अपने चरित्र में आध्यात्मिक है। पारिवारिक जीवन जीते हुए मनुष्य स्वभाव से ऋषि हो सकता है। उपनिषद् में कहा गया है : त्यक्तेन भुञ्जीथाः—त्याग द्वारा आनन्द ग्रहण करो।

जीवन का लक्ष्य आनन्द और पवित्रता है, विलासिता और प्रसन्नता नहीं। मानव के नाते अपनी प्रकृति की पूर्ति ही आनन्द है। जरूरत पड़े तो हमें सारी दुनिया के विरुद्ध अपने अस्तित्व की दृढ़ता प्रदर्शित करनी है। जब सुकरात को मृत्युदंड दिया गया अथवा ईसा को सूली पर चढ़ाया गया तो उन्होंने मृत्यु को पराजय के रूप में नहीं, बल्कि अपने आदर्शों की पूर्ति के रूप में ग्रहण

किया। प्रेम का उद्देश्य स्त्री और पुरुष की सुखमय एकता है। अर्धनारीश्वर से इस धारणा की पुष्टि होती है। पत्नी पति की सम्पत्ति नहीं बल्कि उससे जुड़कर मुकम्मिल इकाई बनाती है।

स्त्री तमाम समाज-कल्याण की जड़ है :

क्रियाणां खलु धर्म्याणां सत्पत्न्यो मूलकारणम् ।

पत्नी सहधर्मचारिणी है :

इयं चोर्वसी यावदायुस्तव सहधर्मचारिणी भवतु ।

अपने समस्त कर्तव्य पालन करने में वह उसके साथ है। इन्दुमति आज की गृहिणी है, एक अच्छी परामर्शदात्री है, एक अच्छी सखी है और ललित कलाएं सीखने में विश्वस्त और प्रिय शिष्य है।

गृहिणी सचिवः सखी मिथः प्रियशिष्याः ललितेकलाबिधौ ।

कालिदास के अनुसार विवाह की पूर्ति सन्तान में होती है। शारीरिक आसक्ति, भ्रान्ति, विरह, परित्याग, क्रूरता इत्यादि से दी गई पीड़ा द्वारा वह उत्कृष्ट बनता है और बालक में पूर्णता को प्राप्त होता है। शिव और पार्वती का विवाह कुमार की उत्पत्ति के लिए हुआ। दुष्यन्त और शकुन्तला के बेटे भरत के नाम पर इस देश का नाम पड़ा। रघुवंश में कहा गया है कि दिलीप और सुदक्षिणा का प्रेम पुत्र में बंट जाने के बाद भी बढ़ता ही गया।

रथांगनाम्नोरिव भावबंधनं वभूव यत्प्रेम परस्पराश्रयम् ।
विभक्तमप्येकसुतेन तत्तयोः परस्परस्योपरि पर्यचीयत ॥

रघुवंश 3-23 में कालिदास कहते हैं कि जैसे कार्तिकेय के समान पुत्र को पाकर शंकर और पार्वती को अत्यन्त प्रसन्नता हुई थी और जयन्त जैसे प्रतापी पुत्र को पाकर इन्द्र और शची प्रसन्न हुए थे, वैसे ही राजा दिलीप और रानी सुदक्षिणा भी उन दोनों ही के समान तेजस्वी पुत्र पाकर बड़े प्रसन्न हुए। दुष्यंत और शकुन्तला की पूर्ति उनके पुत्र भरत में हुई। शिव और पार्वती के विवाह का मुख्य उद्देश्य ही कुमार का जन्म था। भरत, आयुष, रघु और

कुमार के वर्णन से स्पष्ट है कि कालिदास बच्चों से प्रेम करते थे।

कालिदास के लिए बुद्धिमत्ता का मार्ग जीवन के विभिन्न लक्ष्यों को एक साथ लेकर चलना और एक सम्पूर्ण व्यक्तित्व विकसित करना है। इन आदर्शों को वह हमारे मन पर अपनी कवि-प्रतिभा, कल्पना की समृद्धि, मानव प्रकृति की अपनी अद्भुत जानकारी और सूक्ष्म भावनाओं के कोमल वर्णन द्वारा अंकित करते हैं। 'टेम्पेस्ट' में मिरांडा के ये शब्द उन पर लागू होते हैं :

ओ चमत्कार
यहां कितने अच्छे नेक प्राणी हैं
मानवता कितनी सुन्दर है। ओ नई साहसी दुनिया
जिसमें ऐसे-ऐसे लोग हैं।

गुरु नानक

हमारे देश के इतिहास ने यश और अपयश के, सुख और दुख के, विजय और पराजय के युग देखे हैं। जब कभी हम अंधेरे युग से गुजरे, एक न एक सन्त का जन्म हुआ जो हमें वापस सत्य के निकट ले आया, जिसने हमें बताया कि हम कैसे दिग्भ्रान्त हुए, हमने अपने वास्तविक जीवन में महान् ऋषियों, मुनियों की शिक्षाओं की किस प्रकार अवहेलना की। नानक जब पैदा हुए तो संकट का युग था, राजनीतिक और सामाजिक ही नहीं बल्कि नैतिक और आध्यात्मिक संकट का भी। लोग छोटी-छोटी तुच्छ बातों को धर्म मान बैठे थे, ऊपरी कर्मकाण्ड को पवित्र समझते थे और निरर्थक रूढ़ियों और अंधविश्वासों के शिकार थे जो लोगों को आपस में मिलाने के बजाय अलगाव और फूट का कारण बने हुए थे। सामाजिक व्यवस्था गड़बड़ा गई थी जो किसी भी विचारशील व्यक्ति के मन को कोंचती थी। इसलिए गुरु नानक ने इस ओर ध्यान दिलाया कि किसी भी सच्चे धर्म के केंद्रीय सिद्धांत—भीतरी सजगता और बाहरी कार्यक्षमता है। इन्हीं बातों पर उन्होंने विशेष बल दिया।

नानक ने ओंकार पर अधिक बल दिया है। सिर्फ यही है जिसमें उनका विश्वास था, पर ओंकार है क्या? अगर आप ओंकार का अर्थ खोजने का प्रयत्न करें तो यह अ', 'उ', 'म' (अकार, उकार, मकार) तीन से बना है। अ' जागने की अवस्था के लिए, 'उ' स्वप्निल अवस्था के लिए और 'म' सुषुप्ति के लिए है। इन तीनों से मिलकर जो एक बनता है, वह प्राणवान् अथवा

ओंकार है। ओंकार से वास्तविकता चित्रित होती है। इसमें मानव चेतना की जागृत, स्वप्निल और सुषुप्ति की अवस्था शामिल है। मानव चेतना की इनके अतिरिक्त और कोई अवस्था नहीं, इसलिए इन सबका एक निरपेक्ष यथार्थ में समावेश हो जाता है। गुरु नानक मत-मतान्तरों में नहीं उलझते क्योंकि ओंकार को अलग, निर्गुण, अगोचर—शिवम्, शान्तम्, अद्वैतम् कहा गया है। यही मूलभूत यथार्थ, उच्चतम सत्य, सतनाम है। ईश्वर सत्य है और सत्य से ऊपर कुछ नहीं।

नानक यह भी कहते हैं कि अगर कोई व्यक्ति इस सत्य को जानना चाहता है तो वह अपने हृदय के गुप्त स्थानों में प्रवेश करे। भगवान् ऊपर आकाश में, तारों में या नीचे जल में नहीं मिलेगा। वह मानव अस्तित्व के गहनतम भागों में मिलेगा। वही मनुष्य सचमुच धार्मिक है, जिसे भगवान् का नशा है, जो भगवानमय है, जिसने अस्तित्व के अर्थ को समझ लिया है। हमारे देश में ऐसे ही लोगों को धार्मिक पुरुष माना जाता है; उन्हें नहीं, जो आंखें मूंदकर जप करते हैं, समाधियों और मन्दिरों में जाते हैं। वे भगवान् को पाने के पथ पर हो सकते हैं, लेकिन जिसने भगवान् को पाया है, उसने उसे अपने भीतर देखा है।

प्रत्येक व्यक्ति के हृदय में एक गुप्तवास स्थान है, जहां भगवान् को महसूस किया जा सकता है, स्पर्श और अनुभव किया जा सकता है। यही हमें करना चाहिए। प्रार्थना, आराधना, ध्यान लगाना उपाय हैं, जिनसे हम अपने अंतर्तम को जान सकते हैं। सभी सच्चे धर्मों का यही एक उद्देश्य है।

इसका कदापि यह अर्थ नहीं है कि हम मठों और आश्रमों में जा बसें अथवा पहाड़ की चोटी पर चले जाएं, अपने शरीर को सुखा डालें, मन को कष्ट दें और संसार को त्याग दें। जो लोग ऐसा करते हैं, वे सच्चे धार्मिक नहीं। जो लोग अपने कर्तव्यों की उपेक्षा करके सिर्फ कृष्ण-कृष्ण जपते हैं, वे भगवान् के शत्रु हैं, अज्ञानी हैं जो नहीं जानते भगवान् क्या है, यथार्थ क्या है। मानवता के कल्याण के लिए स्वयं भगवान् ने संसार में जन्म धारण किया है। अगर किया है तो हमारा यह कर्तव्य बन जाता है कि हम अपनी मान्यताओं को अपने दैनिक जीवन और अपने राष्ट्रीय व्यवहार में व्यक्त करें।

समय आ गया है जब हम गुरु नानक की इन शिक्षाओं पर अमल करें कि नाम में कुछ नहीं धरा जबकि पथ कोई भी हो; जिस व्यक्ति ने भगवान् को देख लिया है वही सच्चा धार्मिक है। वे नहीं, जो भगवान् की बात करते

हैं और तप-तपस्या में लगे हैं। पक्का धार्मिक व्यक्ति कभी ऐसी बात नहीं करेगा जिससे उसे आत्म-ग्लानि हो अथवा जो किसी भी अर्थ में अशुद्ध, अपवित्र हो।

गुरु नानक ने हमें सतनाम बताया, सदाचारी बनना, अच्छा जीवन बिताना सिखाया। यह एक मात्र कसौटी है। सतनाम बड़ा है, लेकिन प्रेम का व्यवहार, दया और करुणा का व्यवहार उससे भी बड़ा है। गुरु नानक की सीख यही है। हम बातें बहुत बघारते हैं, करते कम हैं। हम सब मिलकर भगवान् का शरीर बनते हैं और जब कोई इस शरीर को खंडित करता है, तोड़ता-फोड़ता है, वह भगवान् का शत्रु है। अपने जीवन में क्या हम हर रोज ऐसा नहीं कर रहे हैं? क्या हम इस मानव शरीर के टुकड़े-टुकड़े नहीं कर रहे हैं और यों स्वयं भगवान् को सूली पर नहीं चढ़ा रहे हैं? हम हर रोज यही कुछ कर रहे हैं।

इसलिए हमारे लिए आवश्यक है कि हम न सिर्फ गुरु नानक की महान् शिक्षाओं—सतनाम, सदाचार को याद रखें बल्कि अपने जीवन के हर क्षण अपने से पूछें कि हम उन महान् शिक्षाओं पर अमल भी करते हैं, जिन्हें हम मानते हैं। अगर हम उन पर अमल करें तो सामाजिक भेद-भाव नहीं रहेंगे और धार्मिक मतभेद भी मिट जाएंगे। हम आत्मसंयम से शुरू करें, आत्मसंयम सहिष्णुता पैदा करेगा और सहिष्णुता से सम्मान की भावना आएगी और दूसरे लोग, जिसे पवित्र मानते हैं, हम उनका सम्मान करने लगेंगे। सच्चे धार्मिक व्यक्ति का यही आचरण होना चाहिए। अगर आपके मन में घृणा है, अगर आपके अन्दर अज्ञानता है, अगर आपके हृदय के अंधेरे कोनों में संदेह है तो याद रखिए कि आप धार्मिक व्यक्ति नहीं हैं, धार्मिक होने का स्वांग भरते हैं। एक सच्चे धार्मिक व्यक्ति का हृदय प्रकाश, उल्लास और महानता के प्रति करूणा से छलछलाता है।

इस समय जब हममें से अधिकांश उस दुनिया की वस्तुओं से आकर्षित हैं, जो अधिकाधिक बासी और यांत्रिक होती चली जा रही हैं, जो बुद्धिवादी और धर्मनिरपेक्ष बनती जा रही हैं, यह याद रखना अच्छा है कि हमारे अस्तित्व का एक दूसरा भी आयाम है। अगर उसकी पूर्ति न हो तो हमारा जीवन ही अधूरा है। नानक जैसे सन्तों का जीवन एक प्रेरणा भी है और एक भर्त्सना भी। प्रेरणा इसलिए कि वे हमें स्मरण कराते हैं कि हमारे जीवन का एक वह पक्ष भी है, जिसे आध्यात्मिक आयाम कहते हैं और जिसकी हम प्रायः

उपेक्षा करते हैं। यही कारण है कि इस संसार के अधिकांश लोग आज बेचैन हैं, छोटी-छोटी चीजों के लिए लड़-झगड़ रहे हैं। और वे यह महसूस ही नहीं कर पाते हैं कि हम सबमें एक अखंड ज्योति की ज्योति है—ज्योतिषांम् ज्योति:। यह प्रत्येक मनुष्य में है। हम उसकी अवहेलना करते हैं। अपनी इस अवहेलना के कारण हम अपने भीतरी अस्तित्व से कट गए हैं। हम सतह पर रहते हैं और अपने ही जीवन की गहराइयों में नहीं पैठ पाते। हममें से अधिकांश बाहरी छिछला जीवन जी रहे हैं।

एक ऐसे समय में जब हम संसार की वास्तविकताओं को भूलते जा रहे थे, गुरु नानक ने हमारा ध्यान इस ओर दिलाया कि यहां कुछ पवित्र, अपरिवर्तनशील और कालेतर भी है, जो सदैव रहता है। उन्होंने हमें उस मूल चट्टान के बारे में बताया, जिससे हम सब तराशे गए हैं, वह मूल स्रोत, जिससे हम सब अस्तित्व प्राप्त करते हैं।

नानक हमारी भर्त्सना करते हैं क्योंकि हम अपना वास्तविक स्वभाव भुला बैठे हैं। हम सतह पर रहते हैं और छिछला जीवन बिताते हैं। धार्मिक जीवन का यह मतलब नहीं है कि संतों के जीवन में कुछ कठोरता और उदासी है। यह सत्य नहीं। वे, जो भगवान् में रहते हैं, समाज की कठिनाइयों और सफलताओं के बारे में कठोर भावना नहीं रखते। मनुष्य को जो यातनाएं सहन करनी पड़ती हैं, वे उन्हें भली-भांति समझते और उनके प्रति करुणा भाव रखते हैं। वे उन विपत्तियों को समझते हैं जिनसे हमें गुजरना पड़ता है। वे सभी प्रकार के अवसरों और परिवर्तनों से अवगत हैं और जानते हैं कि हम क्यों जाल में फंस जाते हैं और क्यों लोभ के शिकार बनते हैं। अतएव शुद्धता का अर्थ असांसारिकता नहीं है। यह ऐसी बात है, जिसे हम सबको समझ लेना चाहिए। सबसे बड़े सन्त वे हैं, जो भूखों को खिलाते, रोगियों का इलाज करते और पापियों को क्षमा करते देखे जाते हैं। यही काम हैं जो वे करते हैं इसलिए हमें समझ लेना चाहिए कि शुद्धता या पवित्रता असांसारिकता नहीं है बल्कि मन की एक उचित अवस्था के साथ, इस समझ के साथ कि एक सर्वोच्च सत्ता है जिसपर निर्भर किया जा सकता है और जो हमें कभी निसहाय नहीं छोड़ती, दुनिया के दुख-पीड़ा में भाग लेना है।

दूसरी शिक्षा जो गुरु नानक ने हमें दी है, वह यह है कि हमारे बहुत-से धर्मों के दरम्यान एक सामान्य आधार है। उनके समय में हिन्दुओं और मुसलमानों में आपस का साम्प्रदायिक वैमनस्य था। उन्होंने कहा; 'तुम रूपों

को लेकर, मतों को लेकर, रीति-रिवाज को और तीर्थ-स्थानों इत्यादि को लेकर, क्यों लड़-झगड़ रहे हो? तुम देखोगे कि हममें से प्रत्येक उसी एक सर्वोच्च की पूजा कर रहा है, हम सब एक की मार्ग के यात्री हैं।' हम सब यही जानने के प्रयास में हैं कि भगवान् कहां है और हम उस तक कैसे पहुंच सकते हैं। उन्होंने हमें यही सीख दी। संसार के धर्मों का एक ही सामान्य आधार है। अपने समय के हिन्दुओं और मुसलमानों को गुरु नानक ने समझाया कि कुरान और पुराण एक ही चीज की शिक्षा देते हैं। मंदिर हो कि मस्जिद हो, हम एक ही भगवान् को देखते हैं। हम अब भी नानक की भर्त्सना के पात्र हैं क्योंकि हम अब भी सतहीं जीवन जी रहे हैं। हम सच्चे 'धार्मिक' नहीं हैं। हमने अपनी आत्मा की गहराइयों में झांककर नहीं देखा और उस सर्वोच्च को नहीं जाना जो वहां मौजूद है। वही सर्वोच्च सबमें वास करता है, और अगर हम आपस में लड़ रहे हैं तो उस भगवान् को सूली पर चढ़ा रहे हैं। भगवान को सूली पर चढ़ाया जाता है और उसके शरीर के चिथड़े उड़ा दिए जाते हैं। अपने इस युग में जब धर्मों और संस्कृतियों का समावेश हो रहा है, हमारे लिए यह समझ लेना आवश्यक है कि एक ही सामान्य स्रोत है जिससे सब धर्म निकलते हैं। वे सब एक ही सत्य की विभिन्न अभिव्यक्तियां हैं। बस, एक आध्यात्मिक आयाम है। भक्ति संसार से मुंह फेर लेना नहीं है। सभी धर्म एक ही शिक्षा देते हैं और जो लोग धर्म के नाम पर लड़ते हैं, वे सच्चे,धार्मिक नहीं हैं। ये कुछ शिक्षाएं हैं, जो गुरु नानक ने हमें दीं।

यह बात सभी जानते हैं कि तमाम महान् कलाएं धार्मिक नेताओं के गिर्द घूमती हैं। संगीत, चित्रकारी, मूर्ति-कला और साहित्य, सब इन्हीं के गिर्द केन्द्रित हैं और इन्हीं से प्रेरणा लेती हैं। महान गुरु अवश्य हमें इन बातों की शिक्षा देते हैं। वे हमसे मांग करते हैं कि जातिवाद छोड़ो, छुआछूत इत्यादि संब छोड़ो। लेकिन इन शिक्षाओं पर अमल करने पर हमें काफी समय लगता है। हममें अब भी सारी त्रुटियां पाई जाती हैं। गुरु नानक ने इन बुराइयों को छोड़ा और हमें छोड़ने के लिए कहा, पर वे अब भी हमारे दैनिक जीवन का अंग बनी हुई हैं। सैद्धांतिक रूप से हम गुरु नानक की शिक्षाओं पर विश्वास रखते हैं, व्यावहारिक रूप से हम उनकी शिक्षाओं को झुठलाते हैं। इसलिए यह आवश्यक है कि हम आत्मालोचन की आदत डालें और हम जिन मिथ्या धारणाओं और गलत प्रवृत्तियों के शिकार हैं उनके विरुद्ध भीतरी युद्ध छेड़ें।

इतिहास के प्रारम्भ ही से ऐसे महापुरुष होते आए हैं जिन्होंने हमें बताया,

"धरती पर एक ही कुटुम्ब है। समस्त मनुष्य जाति का कल्याण हो।' हममें से कितने हैं जो अपने वास्तविक जीवन में इन शिक्षाओं पर खरे उतरते हैं? हम आज जानते हैं कि हिंसा जितनी इस समय है, पहले नहीं थी। क्या कारण है कि इन महान् ऋषियों और सन्तों ने हमें जो शिक्षाएं दीं, हम उन पर नहीं चल पाते? धर्म कोई ऐसी चीज नहीं, जिसे आप खरीद सके या फिर मन्दिर, गिरजा और गुरुद्वारा जाकर प्राप्त कर सकें। यह एक ऐसी चीज है जो तभी व्यवहार में लाई जा सकती हैं, जब आप इन निकृष्ट प्रवृत्तियों के विरुद्ध सतत् संघर्ष करें जो मानव स्वभाव पर छाई हुई हैं। अगर हम किसी महान् ऋषि अथवा गुरु के अनुयायी होने का दम भरते हैं तो हमें इन निकृष्टताओं से पिंडा छुड़ाना ही होगा।

महान् शिक्षकों ने हमें बताया कि नये मानव बनो। क्या हमने अपने चरित्र और अपने दृष्टिकोण में कभी नये बनने का प्रयास किया? हम धर्म को हमेशा रीढ़ की हड्डी के बल पर जीने की कोशिश करते हैं, मंत्र उच्चारण करके और भजन गाकर अपने को धार्मिक समझ बैठते हैं। लेकिन सच्चा धार्मिक व्यक्ति इस तरह नहीं बनता। वह अपने स्वभाव में किसी भिन्न चीज की स्थापना करता है। यही वह नया तत्त्व है जिसने गुरु नानकदेव की महानता की नींव रखी और यह वह तत्त्व है, जिसे हमें उनकी शिक्षाओं पर चलते समय ध्यान में रखना है। जाति-पांति, छुआछूत, हिन्दू, मुस्लिम, सिख इत्यादि का धार्मिक भेदभाव भुलाना होगा। गुरु नानक देव ने हमें बताया है कि हम एक भगवान् के एक ही परिवार के सदस्य हैं।

स्वामी दयानन्द सरस्वती

आधुनिक भारत के निर्माताओं में स्वामी दयानन्द सरस्वती को प्रमुख स्थान प्राप्त है। जिस समय हमारे देश में आध्यात्मिक अंधकार छाया था, जब हमारी बहुत-सी सामाजिक मान्यताएं टूट रही थीं, जब हम रूढ़िवाद और अंधविश्वास के शिकार थे, यह महान् आत्मा सत्य में दृढ़ आस्था, सामाजिक समानता की भावना और उत्साह लिए मैदान में उतरी और हमारे देश की धार्मिक, राजनीतिक, सामाजिक और सांस्कृतिक मुक्ति के लिए काम किया।

प्रथम पक्ष अर्थात् धार्मिक पक्ष को लीजिए। स्वामी दयानन्द ने तर्क को महत्त्व दिया। तत्सम्बन्धी उनकी बहुत-सी कहावतें प्रसिद्ध हैं। कुछ लोग नदियों, गंगा इत्यादि की पूजा करते हैं, कुछ दूसरे सितारों की, कुछ लोग मिट्टी और पत्थर की मूर्तियां पूजते हैं लेकिन बुद्धिमान व्यक्ति का परमात्मा उसके हृदय में, उसकी अपनी आत्मा में वास करता है। परमात्मा को मानव अस्तित्व की गूढ़तम गहरायों में पाया जा सकता है। हमारे देश की संस्कृति ने भगवान् तक पहुंचने के हर सम्भव मार्ग को अपनाया और उसने मूर्ति-पृजा को भी स्थान दिया।

उच्चतम स्थान भगवान् की उपस्थिति का अभ्यास करने को दिया गया। इसमें हमें ध्यान और धारणा से काम लेना होता है। लेकिन बहुत-से व्यक्ति परमात्मा में ध्यान केन्द्रित करने में सक्षम नहीं हैं। इसके अलावा घुमक्कड़ स्वभाव के हैं जिन्हें इस स्तर पर लाना सम्भव नहीं है। किसी न किसी उपाय

से जो भी सम्भव हो सके, उन्हें भगवान् का विचार देना होगा और साथ ही साथ भगवान् एक है, यह भी समझाना होगा। वेद हमें बताते हैं : तमाम देवताओं का उच्चतम भगवद्स्वरूप एक ही है और किसी भी तरह बहुत-से देवता नहीं हो सकते। जब हम महान् आत्माओं और अवतारों की बात करते हैं तो हमें याद रखना चाहिए कि वे एक ही परमात्मा के रूप हैं। दुनिया में सिर्फ एक की सर्वोच्च आराध्य है। वह विभिन्न रूपों में प्रकट हो सकता है, पर कहीं परछाइयों को वस्तु न समझ बैठें। वस्तु एक और सर्वोच्च है। हमारा पूरा ध्यान उसी वास्तविकता पर केन्द्रित होना चाहिए, जिसके ये सब विभिन प्रकार के रूप हैं ।

ईश्वरत्व के अस्तित्व को महज एक अनुमान अथवा एक धारणा अथवा कोई ऐसी चीज, जिसे किसी ऋषि अथवा पैगम्बर के शब्दों से लिया गया है, मत समझ लिया जाए। यह एक ऐसी चीज है, जिसे आप तर्क-पद्धति द्वारा ग्रहण कर पाएंगे। स्वामी दयानन्द सरस्वती ऐसे व्यक्ति थे, जिन्होंने तर्क को सर्वश्रेष्ठ माना और हमें बताया कि श्रद्धा के आधार पर कुछ भी स्वीकार न करो बल्कि जांचो, परखो और फिर निष्कर्ष पर पहुंचो।

हमें यह जानने की जिज्ञासा है कि अन्तिम यथार्थ क्या है? एक पिता पुत्र को उसके बारे में बताता है, जिससे सब चीजें उत्पन्न होती हैं, जिसके सहारे वे बनी रहती हैं और जिसमें उनका विलय होता है, उसी को सर्वोच्च यथार्थ मान लिया गया है। तप क्या है? पाणिनी कहते हैं : तप परछाई है, आलोचना है। वह संसार को देख रहा है, वह यह समझने का प्रयास कर रहा है कि संसार जिस चीज को अभिव्यक्त करता है। वह उच्चतम सिद्धान्त क्या है जो इस संसार को चला रहा है? उस प्रगति का आधार क्या है, जिसके कारण यह पृथ्वी, जो एक अग्निपिण्ड थी, इस स्थिति तक पहुंची, जिसमें स्वामी दयानन्द जैसे लोग उत्पन्न हुए? एक महान् रहस्य का पता चला, जो इस प्रगति और संसार की व्यवस्था का मूलाधार है। दूसरे शब्दों में जब हमें तप करने अर्थात् ध्यान करने को जाना है तो हमें तर्क करना, सोचना, संसार को देखना होता है ताकि हम चीजों को परखें और तर्क और विचार के नियमों के साथ उनका तालमेल बैठाए।

इस प्रकार स्वामी दयानन्द ने तर्क के नियम पर बल दिया और बताया कि एक सर्वोच्च सत्ता अर्थात् भगवान् है। उन्होंने चेतना की स्वतन्त्रता भी दी। लोग उस सर्वोच्च को इस तरह, उस तरह अथवा जैसे भी चाहें, देखें।

वह एक सर्वोच्च सत्ता हमारी उष्णता, हमारी बुद्धि और हमारे संकल्प से बनी है। वह मुख्तलिफ ढंग से बनाई जाती है, लेकिन हम जो उसके बारे में लड़ते-झगड़ते हैं, नहीं जानते कि सत्य एक ही है और वही सर्वोच्च है, दूसरा कुछ नहीं। अगर हमारा भगवान् में विश्वास है, अगर हमारी यह मान्यता है कि तमाम मनुष्य उस दैवी आग की चिनगारियां अथवा अंश हैं, फिर हमने वंशगत बंटवारे क्यों कर रखे हैं? जाति-पांति के भेद क्यों बना रखे हैं और अपनी स्त्रियों पर इतने प्रतिबंध क्यों लगा रखे हैं? यहां वे कहते हैं कि अगर आपका भगवान् में विश्वास है तो आपका तमाम पुरुषों और स्त्रियों की समानता में विश्वास होना चाहिए। आप इस दुनिया में किसी भी व्यक्ति पर वेद पढ़ने की मनाही अथवा गायत्री का जाप करने की आजादी पर प्रतिबंध नहीं लगा सकते। मनुष्य होने के नाते प्रत्येक प्राणी को आध्यात्मिक जीवन बिताने का अधिकार प्राप्त है। और किसी भी व्यक्ति से अपनी प्रकृति के महानतम विकास का अधिकार न छीना जाए। उनका न सिर्फ भगवान् में विश्वास था बल्कि उन्होंने स्त्री और पुरुष के समानता के नियम की भी व्याख्या की और कहा कि किसी भी व्यक्ति को आध्यात्मिक ज्ञान की प्राप्ति और देश के आध्यात्मिक कार्य-कलाप से रोका न जाए।

यों वह एक समाज-सुधारक थे; जिनमें जेहाद का जोश था, प्रखर बुद्धि थी और जब वह सामाजिक अन्याय देखते थे तो उनके हृदय में आग जल उठती थी। वह बड़ी निर्दयता से उनका सफाया कर देना चाहते थे। आज भी देश का यही तकाजा है। यही कारण है कि वह स्थान-स्थान पर गए और लोगों को बताया, 'अगर आप आस्तिक हैं तो सभी आस्तिक भगवान् के एक परिवार के सदस्य हैं। अगर आपका परमात्मा में विश्वास है तो प्रत्येक मनुष्य उसी परमपिता की एक चिनगारी है। इसलिए आप प्रत्येक मानव प्राणी को अवसर दीजिए कि वह अपने को पूर्ण बना सके।'

अतएव एक भगवान् की पूजा, जाति और रंग और धर्म के भेदभाव से ऊपर उठकर मनुष्य की सेवा दो बुनियादी सिद्धांत थे, जिनकी उन्होंने स्थापना की। न सिर्फ स्थापना की बल्कि देश-भर में उनका प्रचार भी किया और आर्य समाज ने बहुत-सी संस्थाएं कायम कर रखी हैं जो उन सिद्धान्तों को कार्यान्वित करती हैं। उनकी बहुत-सी बातें हमारे सामाजिक जीवन और व्यवहार का हिस्सा बन चुकी हैं। स्वाधीनता के पश्चात् हमने जो समाज सम्बन्धी कानून बनाए, उनमें स्त्रियों और पुरुषों को समानता दी गई और उन कुरीतियों को

दूर करने की कोशिश की है जिनके कारण स्त्रियों को कई तरह की क्रूरताएं सहन करनी पड़ती थीं। ये सब बातें आज हमारे सामाजिक जीवन का अंग बन चुकी हैं।

हमें यह नहीं भूल जाना चाहिए कि स्वामी दयानन्द सरस्वती जैसे महान् व्यक्ति के हम कितने ऋणी हैं। हम उन्हीं के सिखाए हुए सिद्धान्तों पर अमल कर रहे हैं।

हमारा राष्ट्र तभी शक्तिशाली बन सकेगा जब हम मनुष्य द्वारा बनाए गए तमाम भेदभावों को दूर कर देंगे, जब हम एक ही प्रकार की मानव जाति बन जाएंगे और एक राष्ट्र के रूप में खड़े होंगे। यही वह काम है जिसे हमें सर-अंजाम देना है। स्वामी दयानन्द सरस्वती की शिक्षाओं का आज बड़ा महत्त्व है। उनका महत्त्व इसलिए और भी ज्यादा है कि हम अब भी बहुत-सी बेकार बातों को लेकर एक-दूसरे पर कीचड़ उछाल रहे हैं और लड़ रहे हैं, असहिष्णुता भारत के लिए घातक बनी हुई है। अगर हम अतीत से नहीं सीखेंगे तो हमें अतीत को फिर से भुगतना होगा। इस सबक को हमें भली-भांति मस्तिष्क में बैठाना होगा। अगर हमें अतीत से सीखना है तो हमें इस सबक की बड़ी आवश्यकता है : 'मतभेद भूल जाओ, आपस में मत लड़ो, एक उच्च सत्ता में विश्वास करो और तमाम लोगों को उसी उच्च सत्ता की सन्तान समझो।'

राजा राममोहन राय

राजा राममोहन राय को आधुनिक भारत का जनक और आधुनिक भारतीय पुनर्जागरण का अग्रदूत कहा जाता है। पुनर्जागरण महज पुनरुत्थान नहीं है। पुनर्जागरण प्राचीन ज्ञान का वर्तमान चेतना से तालमेल बैठाने का प्रयत्न करता है और अगर दोनों में ही टकराव है तो निर्दयता से उन सबकी कांट-छांट करता है जो तर्क और नैतिक भावना के प्रतिकूल है।

राजा राममोहन राय मानव स्वाधीनता में विश्वास करते थे—किसी भी अर्थ में स्वाधीनता। उन्होंने मानव मस्तिष्क को रूढ़ियों और अंधविश्वासों से और ऐसी हर चीज से जिससे मनुष्य की प्रतिष्ठा कम होती है, मुक्त करने का प्रयत्न किया।

तप का अर्थ है सृष्टि के स्वभाव पर विचार करना। पाणिनि हमें बताते हैं कि पहला शब्द 'लोचना' है और दूसरा शब्द 'आलोचना'। ब्रह्माण्ड की प्रकृति पर विचार। उसका निष्कर्ष यह है कि अन्तिम सत्य आत्मा है, पदार्थ या अणु नहीं, जीवन या प्राण नहीं, मन या मानस नहीं, विज्ञान और बुद्धि भी नहीं, बल्कि आनन्द या आत्मा ही अंतिम यथार्थ है, जिससे तमाम सृष्टि की उत्पत्ति होती है। भारत जिसने उपनिषदों को अपना धार्मिक ग्रंथ माना, उनके मार्ग से हट गया और कर्मकांडी शुद्धता तथा शास्त्रीय वाद-विवाद में खो गया। यह महान् प्रतिभा ही का काम है कि उसने बुनियादी सत्य की ओर हमारा ध्यान फिर सें आकर्षित किया।

इसके अलावा राजा राममोहन राय ने हिन्दू, मुस्लिम और ईसाई धर्म ग्रंथों का अध्ययन किया और वे इस निष्कर्ष पर पहुंचे कि विशुद्ध आस्तिकता सभी धर्मों का सारतत्त्व है। इस प्रकार की आस्तिकता के आधार पर न सिर्फ इस देश के सभी सम्प्रदायों की बल्कि दुनिया-भर की एकता सम्भव है। आज- कल की प्रचलित प्रार्थना में कहा गया है कि उच्चतम सत्ता एक है, विश्व का रचयिता एक है जो विभिन्न नामों से पुकारा जाता है। अपने हृदय, अपनी बुद्धि और अपनी इच्छा से आप उसकी अलग-अलग व्याख्या करते हैं, वरना सारतत्त्व में यह एक है। उस एक सत्ता की ये उथली और अधूरी व्याख्याएं हैं अगर हम सर्वोच्च की वास्तविकता को समझ पाएं तो वाद-विवाद का मार्ग कदाचित् न अपनाएं, क्यों रहस्य रहस्य है और हमारा कर्तव्य उसकी मूक साधना है। हमारे शब्द और हमारे मस्तिष्क सृष्टि के विशाल रहस्य को समझने में असमर्थ हैं। मानव मस्तिष्क को यह स्वीकारना चाहिए कि वह सर्वोच्च के स्वभाव को ठीक-ठीक समझने में अक्षम है।

अगर हम फिर सत्य के धर्म का, विश्व-प्रेम के सत्य का पालन करने लगें तो अपने तुच्छ विरोध, जिन्हें लेकर हम अपना जीवन व्यर्थ खो रहे हैं, भूल जाना सम्भव होगा और तब हमारी हठधर्मियों और वाद-विवादों का कोई महत्त्व नहीं रह जाएगा। एक सच्चा धार्मिक व्यक्ति, अगर उसने धर्म के सारतत्त्व को समझ लिया है, महसूस करेगा कि प्रत्येक मानव प्राणी की अपनी एक प्रतिष्ठा है। वह ईश्वर की चिनगारी है। प्रत्येक व्यक्ति उस निराकार ब्रह्म का अंश है। आपको प्रत्येक व्यक्ति को उन सब बातों से ऊपर उठ जाने में सहायता करनी चाहिए जो उसके भीतर जीवन को प्रदर्शित करने में बाधा बनी हुई है।

जब हमारे देश की जनता उत्पीड़ित थी और स्त्रियों पर बहुत-से प्रतिबंध लागू थे, राजा राममोहन राय ने इस सबके विरोध में आवाज उठाई और कहा कि जो देश अपने को सभ्य मानता है तो उसे समानता के बुनियादी सिद्धान्त को—समस्त मानव जाति की समानता को स्वीकार करना चाहिए। जब तक कुछ राष्ट्रों के साथ हीनता और कुछ के साथ श्रेष्ठता का व्यवहार होगा, आप सभ्य नहीं कहला सकते। समानता की यह धारणा हमारे धर्म में उसकी प्रारम्भिक अवस्था में भी पाई जाती है। प्राचीन काल में स्त्री को भी वह अधिकार प्राप्त थे, जो पुरुष को। स्त्री और पुरुष को भी वह अधिकार दिए गए थे। सदियां बीत गई और यह धारणा त्याग दी गई, और हमने उसका दंड भुगता। अगर

इस देश का पतन और वह गुलाम बना तो इसका कारण यही है कि हम जिन आदर्शों की बात करते थे, उनपर नहीं चले। देश को जिस गुलामी और जिन मुसीबतों का सामना करना पड़ा, हम उसकी चर्चा बहुत करते हैं, लेकिन अगर इनसे छुटकारा पाना चाहते हैं तो हमें त्रुटियां और कुरीतियां दूर करनी होंगी। व्यवहार में भी स्त्रियों और पुरुषों, पतितों और उत्पीड़ितों तथा अभिजात वर्ग को पूर्ण समानता देनी चाहिए।

राजा राममोहन राय ने कहा कि वह राजनीतिक दासता, राजनीतिक उत्पीड़न से भी आजादी के पक्ष में हैं। बंगाली गद्य को उनकी बड़ी देन है। प्रेम की आजादी के लिए, मानव जाति के लिए, मानव जाति के प्रेम के लिए उन्होंने जो काम किया और फ्रांसीसी मंत्री से तथा ब्रिटिश विधायकों से उन्होंने भारत की आजादी के लिए जो अपील की, वह सब जानते हैं।

इसमें तनिक भी संदेह नहीं कि राजा राममोहन, राय सत्य का धर्म, सामाजिक समानता और मानव जाति की एकता के जिन आदर्शों के समर्थक थे, अभी तक हमारे दुर के लक्ष्य हैं। हम उन्हें प्राप्त नहीं कर सके। अतएव राजा राममोहन राय ने हमें जो संदेश दिया, उस संदेश का आज भी महत्त्व है, जिन आदर्शों के लिए वह जिए और मरे, वे अभी तक पूरे नहीं हुए। हममें से हर एक को उन्हें कार्यान्वित करनां है। निस्संदेह उन्हें यातनाएं दी गईं और कष्ट उठाने पड़े। यह सभी महान् व्यक्तियों की नियति है लेकिन मैं आपको बताऊं कि जो सच्ची लगन वाले प्रबुद्ध व्यक्ति हैं, जो दुनिया का विरोध करते हैं, वही उसे बदलते हैं और उसे नया रूप प्रदान करते हैं।

राजा राममोहन राय जाति-पांति के विरुद्ध समानता, अंधविश्वास के विरुद्ध विज्ञान, तानाशाही के विरुद्ध लोकतंत्र के पक्षधर थे और अंधविश्वास के-धर्म के बजाय उनका धर्म सत्य का धर्म था।

आचार्य जगदीशचंद्र बोस

जब मैं कलकत्ता यूनिवर्सिटी स्टाफ का सदस्य था तो मुझे कई साल तक आचार्य जगदीशचंद्र बोस को करीब से देखने-जानने का सौभाग्य प्राप्त हुआ। बुद्धिजीवी सहयोग की अंतर्राष्ट्रीय समिति के वह पहले भारतीय सदस्य थे। जो कोई भी उनके सर्म्पक में आता था, वह न सिर्फ उनकी वैज्ञानिक कल्पना और आविष्कारक प्रतिभा से, बल्कि उनके स्वाभिमान और देशभक्ति की भावना से भी प्रभावित होता था। उनमें विज्ञान, कला और धर्म का सुंर समन्वित दृष्टिकोण का प्रतीक है। यह महज एक अनुसंधानशाला नहीं, एक मन्दिर है। काम करने की मेज एक वेदी है। इस संस्थान को राष्ट्र को समर्पित करते समय उन्होंने जो भाषण दिया था, एक अद्भुत प्रवचन है जो हमें अपने अतीत के वैभव की भावनाओं से ओतप्रोत कर देता है। इस दृढ़ निश्चय के साथ कि तमाम बाधाओं के विरुद्ध सत्य की विजय होगी, वह अपने अनुसंधान-कार्य में पूर्ण तन्मयता से लगे रहे। आखिर में वह विद्वानों की शंकाओं और सनकियों के संदेहों से ऊपर उठे और उन्होंने भौतिकी और शरीर विज्ञान की सीमा-रेखा पर अपनी कीर्ति की पताका फहराई। उनका जीवन और कार्य परिस्थितियों पर चरित्र की विजय है।

विज्ञान की प्रगति में भारत का लम्बा और सतत इतिहास है। विद्वान् नारद जिन आठ विद्याओं के जानने का दावा करता है, छांदोग्य उपनिषद् के सातवें परिच्छेद में उनका उल्लेख है :

ऋग्वेदम्, यजुर्वेदम्, सामवेदम्, आशर्वेदम्, इतिहास-पुराणम्, वेदानां वेदम्, पिञ्जम्, राशिं, दैवम् निधिम्, वाकीवाक्यम्, एकायुनं, देवविद्याम्, ब्रह्मविद्याम् भूतविद्याम्, नक्षत्रविद्याम्, क्षत्रविद्याम्, सर्पदेवजनविद्याम्।

ऋग्वेद, यजुर्वेद, सामवेद, आधर्वेन पुराणों का इतिहास, व्याकरण जो वेदों का वेद है, पुरखों का क्रियाकर्म, गणित विद्या, नक्षत्र विज्ञान, काल, तर्क, नैतिकता और राजनीति का विज्ञान, देव-विद्या, पवित्र विद्या का विज्ञान, सांपों और ललित कलाओं का विज्ञान।

जिन नियमों के आधार पर यह दृष्टि चल रही है, भारतीयों को उन्हें जानने की बड़ी जिज्ञासा थी। गणित, नक्षत्र विद्या, व्याकरण, तर्क, प्राकृतिक विज्ञान और औषधि विज्ञान में उनकी महान् देन है। लेकिन कुछ शताब्दियों के लिए भारत की विज्ञान-प्रतिभा शिथिल हो गई।

उन्नीसवीं सदी में फिर से जागृति आई और भारत ने फिर विश्व विज्ञान की धारा में प्रवेश किया। डा० महेन्द्र सरकार (जन्म : 2 नवम्बर, 1833) ने भारत की उन्नति के लिए विज्ञान पर बल दिया। अपने विज्ञान प्रेम और ज्ञान की प्यास के कारण उन्होंने 'इंडियन एसोसिएशन फार कल्टीवेशन आफ साइंस' की स्थापना की, जिसका उद्देश्य विज्ञान की सभी शाखाओं में अनुसंधान की सुविधाएं जुटाना था। बहुत-से विख्यात लोगों ने, जिनमें प्रो० सी० वी० रमन और के० सी० कृष्णन शामिल हैं, ने इस एसोसिएशन में काम किया।

जगदीशचन्द्र बोस प्रकृति विज्ञान के अनुसंधान में मार्गदर्शक थे। पौधों के शरीर विज्ञान के महान् विशारद जगदीशचन्द्र बोस का एक भाषण सुनने के बाद जर्मनी के प्रोफेसर हेबर लैंडेट ने कहा था, 'यह कोई संयोग की बात नहीं कि वह एक भारतीय अनुसंधानकर्ता हैं जिसने उत्तेजना के शरीर विज्ञान की पद्धति को इतनी सुगमता और दक्षता से प्रस्तुत किया। वह प्राचीन भारतीय आत्मा, जिसने अधिभौतिकवादी अनुमान और इंद्रियों के जगत् से एकदम विमुख अंतरावलोकन को पराकाष्ठा पर पहुंचा दिया, प्रो० जगदीश में रहती और चलती- फिरती है। वही आत्मा अपने आधुनिक प्रतिनिधि द्वारा, जो आज हमारा अतिथि है, निरीक्षण के लिए इस कदर असाधारण रूप से उन्नत योग्यता को और वैज्ञानिक प्रयोग में इतने आह्लाद को प्रकाश में लाई है।'

जगदीशचन्द्र बोस ने अपने अनुसंधान द्वारा भारतीय ऋषियों की गम्भीर अंतर्दृष्टि की वैज्ञानिक जांच की।

1. भारतीय ऋषियों ने सृष्टि को एक सम्पूर्ण इकाई के रूप में देखा न

कि भिन्न अंशों के जोड़ के रूप में। उपनिषद् के शब्दों में यह पूर्णम् है। यह एक सृष्टि है, अनेक सृष्टि नहीं। जैसे मानव शरीर के सूक्ष्म दर्शन में हम अणु, प्राण, मानस और आनन्द देखते हैं, वैसा ही सिलसिला क्रमबद्ध संसार में भी है। पिंड और ब्रह्मांड एक-दूसरे को प्रतिबिम्बित करते हैं।

2. संसार एक निर्जीव विस्तार नहीं बल्कि एक सजीव विश्व है। संसार को जगत् भी कहा जाता है यानी जो चलता है, जीवित है। जिंदगी की धड़कन हर जगह महसूस की जाती है। ईशोपनिषद् हमें यह जानने को कहता है कि इस जगत में जो कुछ भी गतिशील है, ईश्वर है।

ईशावास्यम् इदम् सर्वम् यत्किञ्चित् जगत्याम् जगत् ।

3. प्रकृति छलांग नहीं भरती। अचेतन और चेतन में जीवित और पशु चेतना में एक निरंतरता है। धर्मोत्तर ने अपनी न्याय-बिन्दु-टीका में लिखा है कि पत्ते रात को सिकुड़ जाते हैं : स्वाः रात्रौ पत्र-संकोचः।

उदयन केहता है कि पौधों में भी जीने, मरने, सोने, जागने, बीमार पड़ने, दवा लेने इत्यादि का वही तत्त्व है जो मानव शरीर में है।[1]

जैन और वैशेषिक लेखक गुणरल और शंकर मिश्र ने पौधों के इन गुणों का उल्लेख किया है। छुईमुई की स्पर्श के प्रति भावुकता को जान लिया गया था, इसीलिए उसका नाम लाजवंती रखा। पौधों में भीतरी चेतना होती है और वे दुख-सुख के प्रति आशंकित होते हैं—अन्तःसंज्ञाः भवन्त्येते सुख-दुःख समन्विताः। उदयन का कहना है कि पौधों में एक अत्यंत मंद चेतना होती है। अतिमन्दान्तासंज्ञितया। संस्कृत कवियों ने सूर्यमुखी फूल का उल्लेख किया है जो सूरज निकलते ही खुल जाता है और डूबते ही बंद हो जाता है। ऋषि जो अपने आंतर्ज्ञान द्वारा प्रकाश में लाए, जगदीशचन्द्र बोस ने उसे परीक्षण द्वारा सिद्ध किया।

पशुओं: और पौधों में जो जीवन-चिह्न पाए जाते हैं, वे आमतौर पर असमान हैं। पशु आघात का उत्तर हलचल से देते हैं जबकि पौधे चोटें पड़ने पर भी निष्क्रियता का रवैया अपनाए रहते हैं। जगदीशचन्द्र बोस लिखते हैं :

'पशुओं के ऊतक उत्तेजना के विद्युत-चिह्न व्यक्त करते हैं ; सामान्य

---

1. वृक्षादयः प्रतिनियत भोक्त्र्यधिष्ठिताः जीवन-मरण-स्वप्न-जागरण-रोग-भेषज-प्रयोग । (सेंक्शन वी. एन. सील, पोजिटिव साइंसिस आंफ एंशेंट हिन्दूज (1915), पृष्ठ 173-76

पौधे, जीव वैज्ञानिकों के अनुसार, ऐसे कोई चिह्न व्यक्त नहीं करते। इसके अलावा पशुओं की इन्द्रिय पद्धति का अद्भुत विकास होता है जिसके द्वारा शरीर का अपने विभिन्न अंगों और वातावरण से आदान-प्रदान होता है। इसके विपरीत सभी वैज्ञानिक इस बात पर सहमत हैं कि पौधों की संरचना में, छुईमुई जैसे पौधों में भी, नाड़ी स्फुरण नहीं है।' यों कहिए, दो जीवन-धाराएं साथ- साथ बह रही हैं। जिन नियमों द्वारा वे नियंत्रित होती हैं, वे सर्वथा भिन्न हैं। जगदीशचन्द्र बोस का मत है कि पशुओं और पौधों में नाड़ी स्फुरण समान है। उन्होंने अपने इन विचारों को सूक्ष्म विधि से बनाए गए यंत्रों द्वारा प्रदर्शित करने का प्रयास किया।

पदार्थ के जीवन में और जीवन के मस्तिष्क में संक्रमण को सीढ़ी के बजाय ढ़लान के रूप में दिखाया जा सकता है। समस्त सृष्टि में ऐसी सततता और बंधन हैं जो मिलाते हैं। जगदीशचन्द्र बोस की उत्तरोक्ति में दिलचस्पी थी। जब हम सततता पर बल देते हैं, हमें सर्जक विकास को नजरअंदाज नहीं करना चाहिए। एक छोटा रोड़ा और आम की गुठली आकार, रंग और वजन में समान हो सकते हैं, लेकिन उनमें जो फर्क है, वह महत्त्वपूर्ण है। रोड़ा सैकड़ों बरस तक वैसा ही बना रह सकता है, पर गुठली में कुछ और बन जाने की क्षमता है। अगर परिस्थितियां अनुकूल हों तो वह धरती से सामग्री, वायु से वर्षा और नमी, सूरज से प्रकाश और उष्णता ग्रहण करेगी। कुछ समय पाकर वह एक बड़ा पेड़ बन जाएगी जिस पर फल लगेंगे और फलों में उसकी क्षमता की गुठलियां होंगी। रोड़े का जो रूप है, गुठली के पेड़ बन जाने वाले सारतत्त्व के मुकाबले बहुत ही ठोस है। पेड़ रोड़ा नहीं, अपने अंत की ओर बढ़ते हुए एक घुमावदार प्रक्रिया में गुजरता है, जिससे रोड़ा अनभिज्ञ है। वह उगता है, फल देता है, बूढ़ा होता है और मर जाता है। रोड़े से विपरीत उसे रोग लग सकता है और वह अपने जैसा दूसरा पेड़ उत्पन्न कर सकता है।

विज्ञान ने बहुत-से विचित्र काम किए हैं लेकिन वह कम विकसित जीवन और पुनर्जनन की व्याख्या नहीं कर पाया। रासायनिक और विद्युत् प्रक्रिया वह नहीं कर सकता जो वसन्त में अंकुरित होने वाला गेहूं का एक दाना कर दिखाता है। पदार्थ और जीवन में जहां एक सततता है, वहां काफी भिन्नता भी है।

जीवन और मस्तिष्क में सततता है। क्या जहां जीवन है, या यों कहिए, क्या एक कोशिका में हमेशा मस्तिष्क होता है? क्या जीवधारी रचनाओं को

यों अलग-अलग बांटा जा सकता है कि कुछेक में मानसिक गुण होते हैं और कुछेक में नहीं?

अपना रिसर्च इंस्टीट्यूट राष्ट्र को समर्पित करते समय जगदीशचन्द्र बोस ने अपने भाषण में कहा था, 'जब मैं अपने अनुसंधान में लगा था तो मैं अवचेतन रूप से भौतिकी और शरीर विज्ञान के सीमाक्षेत्र में पहुंच गया और मैं सीमा- रेखाओं को लुप्त होते देखकर चकित रह गया। निर्जीव पदार्थ को बस निष्क्रिय पाया गया, पर उस पर सैकड़ों शक्तियों की जो क्रिया हो रही थी, उसे देखना भी हर्ष और आनन्द की बात थी। एक सामान्य नियम के अंतर्गत एक सार्वभौम प्रतिक्रिया धातुओं, पौधों और पशुओं को एक-दूसरे के करीब लाती दिखाई पड़ रही थी। वे सब विशेष रूप से थकान और उदासी के वातावरण के साथ ही साथ ताजगी और प्रफुल्लता प्रदर्शित करते थे, वह स्थायी निष्क्रियता भी दिखाई पड़ी जो सिर्फ मृत्यु का चिह्न है। पशु जीवन के वैचित्र्य की भूमिका के रूप में पदार्थ की प्रतिक्रिया दिखाने और पौधों के जीवन का रहस्य उद्घाटन करने के लिए सब परिणाम प्रयोगों द्वारा प्रदर्शित किए गए।'

इसी प्रकार पौधों और पशुओं के जीवन में एक-क्रम एकसततता है, लेकिन जीवन और मस्तिष्क में भिन्नता भी है। बाहरी जगत् के स्फुरण मस्तिष्क में पहुंचकर इसकी समूची चेतना बनते हैं। ये अवधारणा की कच्ची सामग्री है। हम जानते हैं कि रासायनिक पदार्थ, अल्कोहल, अफीम, गांजा और यहां तक कि आघात भी चेतना को प्रभावित करते हैं। प्रत्यक्ष दर्शन, विचार, चुनाव, निर्णय और उल्लंघन करते समय अचेतन मन पर क्या गुजरती है, यह हम नहीं समझते।

सर चार्ल्स शेरिंगटन ने अपनी पुस्तक 'मनुष्य और उसकी प्रकृति' में लिखा है : 'इस (ऊर्जा) योजना और मानसिक अनुभव के दरम्यान संतुलन संबंधी जो अनुसंधान हुआ है, उसका परिणाम शून्य है। जहां तक मैं समझ पाया हूं, दोनों हठपूर्वक अलग रहते हैं। एक-दूसरे में बदलने, रूपांतरित होने के बजाय वे हताश जान पढ़ते हैं। कैम्ब्रिज में अपने भाषण के दौरान उन्होंने कहा था, 'कहना पड़ेगा कि मन और मस्तिष्क के संबंध की समस्या न सिर्फ हल नहीं हो नहीं हो पाई बल्कि अभी तक ऐसे आधार का भी पता नहीं लग सका, जिससे अनुसंधान की शुरुआत हो सके।' 'मन का भौतिक आधार' परिचर्चा में अपने प्रसारण में इसी विषय पर उनके अन्तिम शब्द ये थे: 'अरिस्टाट्ल ने दो हजार बरस पहले यह सवाल उठाया था कि मन और शरीर का आपसी संबंध क्या है। हम अब भी यही सवाल पूछ रहे हैं।'

सच्चा विज्ञान अपने भक्त को विनम्र बनाता है। वह उसे यह अहसास कराता है कि मैं कितना कम जानता हूं और अनजाना कितना विशाल है। कोई अचरज नहीं कि जगदीशचन्द्र बोस ने एक जिज्ञासु के रूप में सृष्टि के आधारभूत रहस्य को महसूस किया हो। विकास प्रक्रिया, रचनात्मक क्रिया की अविरल धारा जो हमेशा आगे बढ़ती है, कभी रुकती नहीं। घटनाओं का यह शाश्वत क्रम जिसे हम संसार कहते हैं, आत्मनिर्भर या स्वचालित नहीं है। यह अनुक्रम तो देखो—अग्नि का एक दहकता पिंड, जीवन का उदय, ऐसे प्राणी जिनके माथा भीतर हो, जिनके दांत उभड़े हुए, चीखते-चिंघाड़ते बोझिल कदमों से धरती पर चल रहे हैं, फिर ऐसे प्राणी जो साफ बोलते हैं और भेड़ की खाल पहनते हैं, अपने हाथों में पत्थर और कुल्हाड़े उठाए हुए हैं। आदमी दो पत्थरों को आपस में रगड़ता है, चिनगारियां फूटती हैं और आग जल उठती है। चरवाहों का एक दल जो पशुओं का एक रेवड़ अपने आगे हांके लिए जा रहा है, एक नदी पर रुकता है, सितारों की ओर देखता है और फिर हाथ ऊपर उठाकर सुरक्षा और आश्वासन के लिए मूक प्रार्थना करता है। निहारिका से, आशा में इधर-उधर उड़ रहे गैस के एक बादल से। धीरे-धीरे मानव जाति का एक वाल्मीकि अथवा एक कालिदास, एक शेक्सपियर अथवा एक गेटे, एक न्यूटन अथवा एक आइंस्टाइन, एक टैगोर अथवा एक बोस में उदय होता है। क्या यह एक ऐसी उच्च सत्ता के बिना सम्भव था जो इस समस्त प्रक्रिया के पीछे काम कर रही है और उसे चला रही है? उपनिषदों का कहना है कि यह संसार ब्रह्मा ने रचा है। चार्ल्स डार्विन ने अपनी पुस्तक 'दी डीसेंट आफ मैन' (मानव विकास) में लिखा है : 'घटनाओं का यह महान् सिलसिला, जिसे हमारे मस्तिष्क अंधे संयोग का परिणाम कबूलने से इंकार करते हैं, इस निष्कर्ष से बुद्धि विद्रोह करती है।'

समूचे विश्वक्रम में एक निरन्तरता और प्रगति है। हम अतीत को दोबारा नहीं ला सकते, पर उसके द्वारा जुटाए गए आधारों पर बेहतर निर्माण कर सकते हैं। हमारे प्रयास से वर्तमान एक उज्ज्वल भविष्य का रूप ले लेगा। वैज्ञानिक की जीवित आत्मा ईश्वरीय रहस्य का प्रतिबिम्ब है। तत्त्वमसि मनुष्य को भगवान् के अनुरूप बनाया गया है और इसलिए उसे रचना में भाग लेना है। जगदीशचन्द्र बोस की यह अभिलाषा थी कि हमारे देशवासी खोज और अनुसंधान जारी रखें, अपने निकर्षों द्वारा संसार को समृद्ध बनाएं और एक स्थायी विश्व बंधुत्व की मंजिल तक पहुंचें। आओ, हम इस मंजिल के लिए, मानव जाति के कल्याण और भगवान् के वैभव के लिए काम करें !

जगद्धिताय कृष्णाय।

गोपाल कृष्ण गोखले

गोपाल कृष्ण गोखले की कोशिश थी कि राजनीति को आध्यात्मिक रूप दिया जाए। उन दिनों राजनीति इतनी पेचीदा नहीं थी, जितनी आज है। उन दिनों उन्होंने अध्यात्मवाद की जरूरत महसूस की। आज जब हमारे पास शक्ति है, जब हमारे पास सत्ता है, जब हमारे लिए कुछ कर सकना सम्भव है, राजनीति को आध्यात्मिक बनाना कितना अधिक आवश्यक है! जब हम राजनीति में प्रवेश करते हैं तो हम ऐसे क्षेत्र में चले जाते हैं, जहां लालसा है, दुराग्रह, दम्भ, स्वार्थ और सत्ता की भूख है। इन चीजों का इतना बोलबाला है कि हम यह कहने पर मजबूर हो जाते हैं, 'वहां जमाखोरी है, वहां भ्रष्टाचार है, वहां बेईमानी है।' यही शिकायतें सुनने में आती हैं। मुझे यह कहने की जरूरत नहीं कि ये शिकायतें दुरुस्त हैं या नहीं। मुझे सिर्फ इतना ही कहना है कि सार्वजनिक कार्य करने का सिद्धांत यह है कि उसमें ईमानदारी, सचाई और समर्पण अत्यावश्यक है।

हमारे देश में एक समय था जब यह सवाल पूछा गया था, 'नेक जीवन का सिद्धान्त क्या है? नेक आदमी हम किसे कहेंगे?' प्राचीन उपनिषद् कहता है, 'क्या आप बादल को गरजते नहीं सुन रहे? वह क्या कहता है? द द द : दत्त दाम्यत दयध्वम्-दान, संयम-करुणा—इन सिद्धान्तों से नेक जीवन बनता है।' अगर हमें अपने राजनीतिक जीवन और सार्वजनिक जीवन का स्तर ऊंचा करना है तो हमें इन सिद्धान्तों पर ध्यान देना और उन्हें व्यावहारिक

रूप देना होगा। गोपाल कृष्ण गोखले इसका एक उदाहरण थे। वह किसी भी विषय पर बोलते और जो भी भाषण देते, हम अपने विद्यार्थी जीवन में उन भाषणों के बारे में सुना करते थे और उनके बारे में पढ़ा करते थे। उन दिनों रेडियो नहीं था, इसलिए हम उन्हें अखबारों में पढ़ा करते थे। जब उन्होंने इस आरोप का खंडन किया कि यूनिवर्सिटियों में षड्यन्त्र पनपते हैं और शिक्षा संस्थाएं विस्फोटक वातावरण में लोगों को प्रोत्साहित करती हैं, तो हम उनकी तीव्र देशभक्ति से स्तम्भित रह गए। जब हम वे सब बातें सुनते थे तो हम उत्साह से भर उठते थे। लेकिन उनकी महानता किस बात में है? उनकी महानता यह थी कि उन्होंने जिस विषय पर भी बोलना होता था, उसकी वह पूरी तैयारी करते थे। तथ्यों का बड़े ध्यान से अध्ययन करके और फिर उन तथ्यों के बारे में सोच-विचारकर निर्णय करके ही किसी विषय का खंडन अथवा समर्थन करते थे। जो लोग आज सार्वजनिक जीवन अपनाते हैं, उन्हें अपने- आप को पूर्णकालिक कार्यकर्ता समझना चाहिए, देश की राजनीतिक समस्याओं का पूरी तरह अध्ययन करना चाहिए और फिर तर्कसंगत निर्णयों पर पहुंचना चाहिए। ऐसा करना उनका कर्तव्य है। क्या वे ऐसा करते हैं?

भारतीय लोक सेवा दल (सर्वेण्ट्स आफ़ इंडिया सोसाइटी) के सदस्य शिक्षा, पत्रकारिता, राजनीति, आदिवासी कल्याण इत्यादि सार्वजनिक कार्यों में सक्रिय हैं। इन सब मामलों में अलग-अलग लोगों के अलग-अलग विचार हैं, इसलिए आवश्यक है कि हम हर मामले का हर पहलू से अध्ययन करें। आप उन्हें 'माडरेट' (मध्यमार्गी) कह सकते हैं, आप उन्हें 'लिबरल' (उदारपंथी) कह सकते हैं लेकिन वे हमें एक परम्परा दे गए—एक ऐसी परम्परा, जो हमसे मांग करती है कि हम राज्य की, अथवा किसी पद्धति की बलिबेदी पर व्यक्ति की बलि न चढ़ाएं; बल्कि व्यक्ति की, उसके अधिकारों की रक्षा करें और उसे पवित्र समझें। इससे हमारे आचरण का औचित्य सिद्ध होता है। इसलिए यह आवश्यक है कि हम राज्य को साध्य समझने के बजाय, व्यक्ति को साध्य समझें। हम उसके अधिकारों को अलंघ्य समझें। शायद हमें अपने जीवन का बलिदान देना आवश्यक हो जाए, पर हम यह अपने तईं पूरे सम्मान और सच्चाई के साथ करें।

हमारे दावे चाहे कुछ भी रहे हों, हमारे समाज में ऊंच और नीच, अमीर और गरीब, सवर्ण जाति, जाति बहिष्कृत और अछूतों इत्यादि की सामाजिक विषमताएं हैं। क्या हमने यह काम पूरा कर लिया है? क्या हमारी वर्तमान

स्थिति हमारे लिए चुनौती नहीं? इन समस्याओं को हल करने के लिए क्या हमें सही रवैया नहीं अपनाना होगा?

गांधी जी गोखले की ओर क्यों आकर्षित हुए? सिर्फ इसलिए कि गोखले सत्य का मार्ग छोड़ने के लिए तैयार नहीं थे। वह किंसी भी राजनीतिक विचार अथवा विचारधारा के लिए सत्य को कुर्बान नहीं कर सकते थे। उनका रवैया कुछ भी हो, वे उसमें दृढ़ रहते थे। वह बिना किसी भय अथवा पक्षपात के और बिना किसी व्यक्ति के प्रति हठ और दुराव के अपना मत व्यक्त करते थे। उनके विरोधी तक, जिनसे उनका वास्ता पड़ता था, उनका आदर करते थे। चाहे वे उन्हें पसन्द करतें थे या नहीं, चाहे वे उनकी राय को पसन्द करते थे या नहीं, लेकिन उनकी व्यक्तिगत निष्ठा और तथ्य जुटाने के लिए वे जो हमेशा श्रम करते थे, इसका उनके मन में आदर होता था। गोपाल- कृष्ण गोखले ने उन दिनों की सेण्ट्रल असेम्बली में बजट पर जो भाषण दिए, वे सदा याद किए जाएंगे। क्या हमें उनके पदचिह्नों पर चलना है अथवा नहीं? अगर हम देखें कि हमारी संसद् और हमारी विधानसभाएं किस ढंग से काम कर रही हैं तो हम महसूस करेंगे कि आज राजनीति के आध्यात्मीकरण की बहुत ज्यादा जरूरत है। जो कोई भी विधानसभा अथवा संसद् का सदस्य बनता है, वह अपने को मानवता का सेवक, भारत का सेवक समझे और कोई भी ऐसा काम न करे, जिससे राज्य की प्रतिष्ठा अथवा सम्मान की हानि होती हो।

भारतीय परम्पराओं के अनुसार गोखले ने सार्वजनिक जीवन में त्याग पर बल दिया। सर्वम् वस्तु भयान्वितम् भुवि नृणाम् वैराग्य एवाभयम्। इस संसार की प्रत्येक वस्तु जबकि मनुष्य के लिए भय उत्पन्न करने वाली है, केवल त्याग ही अभय प्रदान करता है। जब दुनिया की सुख-सुविधाएं गोखले की पहुंच में थीं और उन्हें प्राप्त कर लेना सहज था, उन्होंने इनसे मुंह फेरा और अपनी महान् प्रतिभा को देशसेवा के लिए अर्पित कर दिया। त्याग नेक जीवन का सिद्धान्त है। लोग जो कुछ प्राप्त करते हैं, उससे महान् नहीं बनते बल्कि वे जो त्यागते हैं, उससे बनते हैं। जो लोग सार्वजनिक जीवन में जाते हैं, वे उसे सुख-सुविधाएं उपार्जित करने का कैरियर न बनाएं।

गोखले जब बीस बरस के थे, तभी वह 75 रुपये मासिक के मामूली भत्ते पर बीस बरस के लिए डक्कन एजुकेशन सोसाइटी के सदस्य बन गए थे। 1905 में उन्होंने सर्वेण्ट्स आफ इंडिया सोसाइटी (भारतीय लोक सेवा

दल) की स्थापना की और समर्पित जनों की एक संस्था बनाई। उन्होंने महसूस किया, 'सार्वजनिक जीवन का आध्यात्मीकरण होना चाहिए। मानव हृदय देश-प्रेम से इतना ओतप्रोत हो कि उसके सम्मुख शेष महत्त्वहीन जान पड़े। मातृभूमि के लिए बलिदान के किसी भी अवसर का स्वागत करनेवाला, उत्कट देश-प्रेम, किसी भी कठिनाई अथवा खतरे में उद्देश्य से मुंह न मोड़ने वाला निर्भीक हृदय, ईश्वरीय आस्थाएं, विचलित न होने वाला दृढ़ विश्वास—कार्यकर्त्ता इन गुणों के साथ अपने मिशन पर निकलें और फिर जीवन का हर एक क्षण श्रद्धा और आस्था से देश-सेवा में बिताने में आनन्द ग्रहण करें।' गांधी अगर गोखले को अपना राजनीतिक गुरु कहते हैं तो इसमें अचरज क्या है!

गोखले ने सोसाइटी के सदस्यों की न सिर्फ बौद्धिक क्षमता बल्कि नैतिक उत्तरदायित्व पर भी बल दिया। आज धारासभाओं अथवा नगरपालिकाओं के लिए उम्मीदवारों का चयन करते समय हम साधनों की पवित्रता पर बल नहीं देते। हम चरित्र और क्षमता के बजाय जातिवाद और बिरादरीवाद पर अधिक ध्यान देते हैं। देश में जो अव्यवस्था है, उसका एक कारण यह भी है।

गोखले ने जिन लोगों को सोसाइटी का सदस्य बनाया, उनमें हम देखते हैं सामाजिक सुधारों के लिए निडरता से लड़ने वाले जी० के० देवधर हैं, ट्रेड यूनियन आंदोलन पर गहरी छाप छोड़ने वाले एन० एम० जोशी हैं, विभिन्न हैसियतों में काम करने वाले श्रीनिवास शास्त्री हैं, प्रथम सदस्य हृदयनाथ कुंजरू आज भी हमारे साथ हैं, जिनकी सिधाई और ईमानदारी दूसरों के लिए मिसाल बनी हुई है। गांधी और नेहरू ने सोसाइटी का सदस्य बनने पर गम्भीरता से विचार किया।

अगर कोई व्यक्ति समर्पित जीवन बिताता है, अगर वह सत्य पर अडिग है, अगर वह सार्वजनिक जीवन बिताता है, अगर वह सत्य पर धार्मिक व्यक्ति है चाहे वह अपने को नास्तिक ही क्यों न कहे।

गोखले जब 1912 में दक्षिण अफ्रीका के दौरे पर गए तो वहां के एक प्रसिद्ध सीनेटर ने कहा था : 'जब आप जैसे व्यक्ति हमारे देश में आते हैं तो वे वातावरण को पवित्र बना देते हैं।'

जिन्हें दादाभाई नौरोजी, सर फिरोजशाह मेहता और जस्टिस गोविन्द रानाडे ने प्रशिक्षित किया, उनका मध्यम मार्ग में विश्वास था। जीवन एक सम्पूर्ण इकाई है। राजनीतिक उन्नति और सामाजिक सुधार को अलग-अलग नहीं किया जा सकता। जीवन का विभागीकरण सम्भव नहीं। गोखले को

दरिद्र और उत्पीड़ित से सहानुभूति थी। वेल्बी आयोग के समक्ष अपनी गवाही में उन्होंने ब्रिटिश सरकार के अन्तर्गत देश की बढ़ती हुई गरीबी का चित्र प्रस्तुत किया। गोखले की लोकतांत्रिक सिद्धांतों, नागरिक स्वाधीनता, प्रेस की स्वाधीनता, संगठन की स्वाधीनता और सभी के लिए जीवन के अच्छे स्तर में गहटी आस्था और किसी भी प्रकार के रंगभेद से घृणा थी। वह निःशुल्क और अनिवार्य शिक्षा के उत्साही प्रवक्ता थे।

राजनीतिक और धार्मिक सुधारक देश की परिस्थितियों की आलोचना करते हैं, लेकिन अगर वे उदार हैं तो उनमें घृणा की उत्तेजना नहीं होती। वर्तमान परिस्थितियों को बेहतर बनाने के लिए उत्सुक होते हुए भी वे घृणा की भावनाओं से मुक्त होते हैं।

गोखले का उदारवाद गांधी के सत्याग्रह को अपनाने में बाधा नहीं बना। 1909 में बम्बई की एक सार्वजनिक सभा में ट्रांसवाल के भारतीयों के बारे में बोलते हुए गोखले ने अपने भाषण में कहा था कि–'किसी अन्यायपूर्ण कानून अथवा संदिग्ध अधिनियम के खिलाफ सत्याग्रह का मतलब है उस कानून अथवा अधिनियम के समाने घुटने टेकने से इनकार करना और इसके बदले जो भी दंड दिया जाय, उसे भुगतने के लिए तैयार रहना। अगर हम एक कानून के गंभीर अन्याय को तीव्रता, स्पष्टता और सचेतन रूप से महसूस करें और देखें कि कोई उसका निदान नहीं है तो मैं समझता हूं कि उन लोगों के लिए जो अपनी आत्मा और आत्मसम्मान को अपने भौतिक और तत्कालीन हितों से अधिक महत्त्व देते हैं, उस कानून को मानने से इनकार करने और इनकार के परिणाम को भुगतने के अलावा और कोई रास्ता नहीं रह जाता।'

गोखले के समय भारत की समस्याएं बहुत ही भयंकर थीं। चाहे उन्होंने हमारे जीवन की तमाम पहलुओं की शानदार ढंग से और एकान्त मन से सेवा की, लेकिन वह जानते थे कि हमें अपनी मंजिल तक पहुंचने के लिए लम्बी यात्रा तय करनी होगी। अपने देश के भविष्य में उन्हें पूर्ण विश्वास था : 'निस्संदेह हमारे देशवासियों की भावी पीढ़ियां अपनी सफलताओं से देश की सेवा करेंगी, लेकिन हम वर्तमान पीढ़ी के लोग अपनी असफलताओं ही से उनकी सेवा करके संतुष्ट हैं। कितनी ही कठिनाइयां क्यों न हों, उन असफलताओं से शक्ति मिलेगी जो अंत में बड़े-बड़े काम सरंजाम देगी।'

सरोजिनी नायडू ने गोखले के बारे में कहा है, 'हमारे राष्ट्रीय संग्राम के महानतम सन्त और सैनिक, भारतीय एकता के लिए जिनका जीवन एक

धर्मविधि और मृत्यु एक बलिदान है। नेक विचारों के दूत, दूसरों के लिए एक मशाल, प्रकाश के समान हैं और अपने लिए विनाश के समान हैं।'

गोखले के जीवन से हमें जो सबक सीखना है, वह यह है कि हमें अपने में सुधार लाना है ताकि हमारे मन में दादा भाई नौरोजी के लिए, फिरोजशाह मेहता के लिए, रानाडे के लिए और गांधी के लिए सम्मान की भावना हो। सम्मान की भावना हमारे जीवन से लुप्त होती जा रही है। इस पर हमें फिर से ध्यान देना चाहिए। हमें उन लोगों के प्रति कृतज्ञ होना चाहिए जिन्होंने हमें सही मार्ग दिखाया। सम्मान से दूसरा दर्जा उनके त्याग के सिद्धांत का है। चीजें आती-जाती रहती हैं। प्रतिष्ठा कुछ दिन में लुप्त हो जाती है। आज एक बड़ा आदमी है, कल उसका बड़प्पन धूल में मिल जाएगा। इसी बात को यों कहा गया है : विभवो नैव शाश्वतः। यह सब प्रतिष्ठा और वैभव शाश्वत नहीं है। जीवन और त्याग के प्रति श्रद्धा, अगर आप ये दो सिद्धांत अपना लें तो गोखले और उनकी स्मृति को यह सच्ची श्रद्धांजलि होगी।

हमारा देश अपने महान ऋषियों और मुनियों के लिए प्रसिद्ध है। इतिहास केवल राजाओं के युद्ध का और वंशों के बीच की गाथा का वर्णन नहीं है। सामाजिक परिवर्तनों, नये आर्थिक ढांचों और संसार में होने वाली नई हलचल का नाम इतिहास है। एक राष्ट्र के जीवन में इन्ही बातों का महत्त्व है। जहां तक हमारे देश का संबंध है, गोखले के समय जो घटनाएं घटित हुईं, जो कार्य सम्पन्न हुआ, राजनीतिक आंदोलन, सामाजिक आंदोलन, धार्मिक सुधार— ये सब चीजें जो हुईं, एक इकाई हैं। उन्हें अलग-अलग नहीं रखा जा सकता। उन्हें एक सम्पूर्ण का अंग समझना होगा। जहां तक हमारे देश का सम्बन्ध है, आवश्यक है कि हम अपने धार्मिक मतों, अपने व्यापक मील-पत्थरों के पाबंद रहें, कारण यह कि वे हमेशा बने रहेंगे। क्योंकि वैज्ञानिक परिधि को तो छू सकते हैं, पर केन्द्र तक किसी की पहुंच नहीं। अगर हम अपने अस्तित्व के केन्द्र पर ध्यान केन्द्रित करें तो पता चलेगा कि वहां एक पक्ष है, एक सार्वभौम प्रकृति, एक सार्वभौम सत्य जो उन सब बातों का स्रोत है जो आज हमारे पास हैं। दूसरे शब्दों में हमारी बुद्धि, हमारा मन, हमारी प्रगति—ये सब चीजें उस सार्वभौम केन्द्र की जो हर एक के भीतर स्थित है, अभिव्यक्तियां हैं। हम चूंकि उस केन्द्र को भुलाने का प्रयास कर रहे हैं, इसलिए हममें से अधिकांश अपने से पृथक् होते जा रहे हैं और उन्माद तथा उद्विग्नता से पीड़ित हैं।

आइए, हम अपने अस्तित्व के केन्द्रीय सिद्धान्त के प्रति श्रद्धा और सम्मान का भाव विकसित करें और त्याग का जीवन बिताएं, तभी हम आगे बढ़ पाएंगे।

विश्वास की शक्ति ही मानव हृदय को स्पर्श करती है। यह शक्ति उन्हीं में आती है जो महान् कष्ट सहते हैं। चाहे गोखले, दादाभाई नौरोजी, तिलक और गांधी को जानते थे, लेकिन उनकी श्रद्धा महादेव गोविन्द रानाडे में थी, जिन्होंने उन्हें आदर्श दिए और गोखले ने इन आदर्शों को अपने जीवन में ढाला। डक्कन सभा की नियमावलि में रानाडे ने लिखा है :

'उदारवाद और मध्य मार्ग हमारी सभा का मुख्य ध्येय होगा। उदारवाद का अर्थ जाति तथा वंश के पूर्वाग्रहों से मुक्ति और उस सबके प्रति पूरा समर्पण, जिसका लक्ष्य मनुष्य-मनुष्य के दरम्यान न्याय है; शासक के प्रति वह वफादारी, जो उस कानून का तकाजा है जिसके द्वारा यह प्रशासन चलाने पर बाध्य है; पर सांथ ही लोगों के लिए वह समानता प्राप्त करना, जो कानून के अन्तर्गत उनका अधिकार है। उदारवाद का मतलब है कि असम्भव की कभी व्यर्थ कामना न करना अथवा बहुत दूर के आदर्शों के पीछे न भागना बल्कि समझौते और औचित्य की भावना से वह काम करके जो हमारे समीपतर है, स्वाभाविक विकास की ओर प्रतिदिन अगला कदम उठाना।'

गोखले ने अपने देशवासियों की परिस्थिति से सहज तादात्म्य कर लिया था और वह उसे ऊंचा उठाने का बराबर प्रयास करते रहे। गोखले ने महसूस किया कि सार्वजनिक कार्य का बौद्धिक और नैतिक आधार होना चाहिए। नेतृत्व के पास प्रभावशाली बनने के लिए नैतिक अधिकार होना चाहिए।उनकी कोशिश राजनीति का अध्यात्मीकरण करना था। जो कोई भी समर्पित जीवन बिता रहा है, जो सत्य पर दृढ़ है और जो सार्वजनिक जीवन में षड्यंत्रों और गुटबाजी से बचता है, वह व्यक्ति धार्मिक है, चाहे वह अपने को मूर्तिपूजक अथवा नास्तिक ही क्यों न कहे। गोखले ने जो काम हाथों में लिया, तन और मन उसमें लगा दिया। फर्गुसन कालेज के प्रोफेसर के रूप में, सेंट्रल लेजिस्लेटिव कौंसिल के सदस्य के रूप में, पूर्णता उनके काम की विशेषता है। गांधी ने गोखले को समझा और महसूस किया कि यही वह व्यक्ति हैं जिन्हें वह गुरु स्वीकार करें। गांधी ने गोखले के बारे में कहा था :

'उनमें वह सब कुछ है जो मैं राजनीतिक कार्यकर्ता में चाहता था— मोती की तरह पवित्र, भेड़ की तरह विनम्र, शेर की तरह बहादुर और एक निष्कलंक शूरवीर। उनमें ये सब बातें न होतीं तो भी मुझे परवाह नहीं। मेरे लिए इतना ही काफी है कि मुझे उनमें कोई ऐसा दोष नहीं मिला जिसपर अंगुली उठाई जा सके। राजनीतिक क्षेत्र में वह मेरे लिए अत्यंत पूर्ण मानव थे और रहेंगे।'

बाल गंगाधर तिलक

इस शताब्दी के प्रारम्भ में जब मैं विद्यार्थी था, युवकों के लिए तिलक के नाम का अर्थ था—ज्वलंत वेग, भक्ति अद्वितीय साहस, देश की स्वतंत्रता के लिए दृढ़ संकल्प और समर्पण।

दूसरे दशक में, 1911 की जुलाई में, मैंने 'भगवद्गीता की नैतिकता और काण्ट' शीर्षक से एक लेख लिखा, जिसने तिलक का ध्यान आकर्षित किया जो उस समय मांडले जेल में थे। स्वर्गीय श्री एन० सी० केलकर ने मुझसे वह लेख मंगवाया और वह उन्होंने तिलक को भिजवाया। कुछ समय बाद लेख मेरे पास लौट आया, जिसके हाशिये पर तिलक की टिप्पणियां थीं। यह जानकर मेरी प्रसन्नता की कोई सीमा न रही कि उन्होंने 'गीता रहस्य' नामक अपने सुप्रसिद्ध ग्रंथ की भूमिका में मेरा उल्लेख भगवद्‌गीता की कर्मयोगी व्याख्या के समर्थक के रूप में किया है। जो मुक्ति प्राप्त कर चुके हैं, उन्हें भी विश्व एकता के लिए कर्म करने को कहा गया है, लोकसंग्रह, संसार के कल्याण के लिए, भगवान् के गौरव के लिए, जगद् हिताय-कृष्णाय। गीता योग-शास्त्र है। स्थिर चित्तवृत्ति योग है। कृष्ण योगेश्वर हैं। वह कर्म-स्वामी हैं।

विवेकी सर्वदा मुक्तः कुर्वतो नास्ति कर्तूता।
अलेपवादमाश्रित्य श्रीकृष्ण जनकौयथा॥

आध्यात्मिक और सामाजिक पक्ष में चोली-दामन का साथ है। तिलक का जीवन कर्मयोग के महान् आदर्श का प्रतीक था। महाराष्ट्र के सन्तों—ज्ञानेश्वर, एकनाथ, तुकाराम, रामदास—ने कहा है कि मनुष्य की निष्काम सेवा भगवान् की पूजा है।

आम हालात में तिलक ने एक विद्वान् का जीवन जिया होता तो पूर्वदेशीय अध्ययन तथा गणित के क्षेत्र में उनका विशिष्ट योगदान होता। लेकिन एक पराधीन राष्ट्र के सदस्य के नाते उनके लिए पूछा गया कि 'स्वराज्य मिलने पर आप कौन-सा विभाग संभालना पसंद करेंगे? आप प्रधानमंत्री बनेंगे या विदेशमंत्री?' उन्होंने जो जवाब दिया था, उससे उनके मन का पता चलता है: 'स्वराज्य मिलने पर मैं राजनीति से छुट्टी लेकर गणित का प्रोफेसर बन जाऊंगा। मुझे राजनीति से सख्त घृणा है। मैं अब भी सापेक्ष विगणन पर पुस्तक लिखना चाहता हूं। देश की हालत बहुत बुरी है इसलिए मैं राजनीति में भाग लेने पर मजबूर हूं।' वह भाग भी क्या था! जो माडरेट अर्थात् मध्यमार्गी थे, वे उन्हें एक आंख नहीं भाते थे। राजनीतिक आंदोलन का, जो ऊपर के वर्गों तक सीमित था, रूपान्तर करके उन्होंने इसे राष्ट्रव्ययापी बनाया। लोकप्रिय उत्सवों का प्रयोग करके और अपने मराठी पत्र 'केसरी' के माध्यम से उन्होंने 'स्वराज्य हमारा जन्मसिद्ध अधिकार है' संदेश जनसाधारण तक पहुंचाया। उन्होंने राष्ट्रीय मुक्ति का प्रबल कार्यक्रम बनाया था, जिसमें राष्ट्रीय शिक्षा, विदेशी, बहिष्कार, करों का भुगतान न करने का सत्याग्रह भी शामिल था। उनकी योजना में नशाबन्दी और छुआछूत दूर करना भी शामिल था। उनके हाथों में राजनीतिक आंदोलन क्रांतिकारी बन गया, पर क्रान्ति से उनका अर्थ मोर्चाबंदी और खूनखराबा नहीं था। उन्होंने हिंसक उपायों की निन्दा की। जब राजनीतिक और सामाजिक संघर्ष तीव्र थे, उन्होंने इस बात की पुष्टि की कि ऐसे मामलों में 'कट्टरता घातक है।'[1] जब हिंसा का वातावरण बना, तिलक ने बहुत पहले 1904 ही में केसरी में लिखा : 'ब्रिटिश राज्य किसी भी समय किसी एक व्यक्ति पर निर्भर नहीं है, इसलिए किसी एक अफसर की हत्या करके स्वराज्य प्राप्त करना संभव नहीं है, सम्भव हो तो भी हत्या निंदनीय है। किसी को हत्या पर उकसाना कायरता है। हां, अगर आवश्यक हो तो हमें अपनी मान्यताओं के लिए कष्ट उठाना चाहिए।' जब उन्हें छः बरस कारावास का दंड दिया गया तो उन्होंने कहा : 'इस न्यायालय से ऊपर शक्तियां हैं जो इस संसार को चला रही हैं और कदाचित् यह ईश्वरेच्छा ही है कि मेरा उद्देश्य, मेरे स्वतंत्र रहने की अपेक्षा जेल में रहने से अधिक सफल होगा।'

1. केसरी 7-6-1892

कोई आश्चर्य नहीं कि जब गांधी को भी इतनी ही सजा दी गई और जज ने पूछा, 'आप इसे अनुचित नहीं मानेंगे? मेरा ख्याल है कि आपको मिस्टर तिलक की श्रेणी में रखा जा रहा है।' उत्तर था, 'आपने चूंकि मुझे बालगंगाधर तिलक के मुकदमे की याद दिलाने का सम्मान बख्शा है, मैं यह कहना चाहूंगा कि उनके नाम के साथ मेरा नाम लिया जाना मेरे लिए अत्यंत गर्व और प्रतिष्ठा की बात है।'

तिलक ने बार-बार कहा था, 'स्वराज्य हमारी भावी समृद्धि की नींव है, चोटी नहीं। हमें एक नये राष्ट्र का निर्माण करना होगा। आध्यात्मिक मूल्यों में विश्वास, देश-प्रेम और जिन विचारों से हमारा मतभेद है, उनके प्रति सहिष्णुता के सिद्धान्तों पर चलना होगा।'

इतिहास को यह लिखना होगा कि तिलक एक सच्चे और महान् भारतीय थे, जिन्हें देश के अतीत पर गर्व था और भविष्य पर विश्वास था। एक निर्भीक और दृढ़ देशभक्त जिसने भारतीय राष्ट्रीयता और अहिंसक राजनीतिक कर्म द्वारा क्रान्तिकारी संघर्ष की नींव डाली।

मोतीलाल नेहरू

हमारे देश के स्वाधीनता संग्राम, प्रगति और समृद्धि में मोतीलाल नेहरू की जो सेवाएं हैं, वे विभिन्न और प्रमुख हैं। लेकिन मैं यहां उनकी उसी विशेष देन को लूंगा जो संसदीय संस्थाओं के विकास से सम्बन्ध रखती हैं। जो सर्वदल समिति हमारे देश के लिए विधान तैयार करने के लिए बनाई गई थी, वह उसके अध्यक्ष थे। उस विधान में दूसरी बातों के अलावा अधिकारों का चार्टर और एक ऐसी न्यायपालिका स्थापित करना था जिसके शिखर पर एक सर्वोच्च न्यायालय हो। संसदीय लोकतंत्र मुख्य बात थी।

दुनिया में जितने भी लड़ाई-झगड़े हैं, उनका मूल कारण किसी भी एक व्यक्ति अथवा राष्ट्र को गलती से ऊपर मान लेना है। इससे कट्टरता पनपती है, तानाशाही कायम होती है, फासिज्म की प्रवृत्ति को प्रोत्साहन मिलता है जिसके कारण धरती खून और आंसुओं से सन जाती है। इसलिए इस कट्टर रवैये से बचना हमारे लिए बहुत आवश्यक है। इस लोकतांत्रिक रवैये का मतलब है, यह समझ लेना कि दूसरा व्यक्ति भी सही हो सकता है और हम खुद गलत हो सकते हैं। एक विनम्रता, मानवता, शिष्टाचार और उदारता का रवैया लोकतांत्रिक प्रवृत्ति वाले मन के आवश्यक गुण हैं। अगर हम लोकतांत्रिक संस्थाओं को संतोषजनक ढंग से और सफलतापूर्वक चलाना चाहते हैं, तो हठधर्मी, कट्टता और यह विचार कि सत्य के इजारेदार सिर्फ हम हैं और दूसरे अंधेरे में भटक रहे हैं, ऐसी बातें हैं जिनसे हमें बचना चाहिए।

अंतर्राष्ट्रीय सम्बन्धों में हमें तमाम झगड़ों का निपटारा समझा-बुझाकर, बातचीत और मध्यस्थता द्वारा करना चाहिए। अगर संसार के विभिन्न राष्ट्रों के लिए इस दुनिया को एक सुखी स्थान बनाना है तो अंतर्राष्ट्रीय शालीनता का वातावरण पैदा करना होगा। इन दोनों मामलों में मोतीलाल नेहरू ने एक बड़ा उदाहरण प्रस्तुत किया। केन्द्रीय धारासभा में वह छः बरस तक विरोधी पक्ष के नेता रहे। विरोधी पक्ष में विभिन्न विचारों के बहुत-से सदस्य थे। उन्होंने सभी को एकत्र किया, एक टीम में संगठित किया और उस समय की धारासभा में बजट लगातार चार मर्तबा रद्द करवाया। उन्होंने भारत के स्वशासन का प्रस्ताव रखा जो कि 76 और 78 मत से पारित हुआ। विरोधी मत अफसरों और नामांकित सदस्यों के थे। लेकिन उनकी उपलब्धि के बारे में महत्त्वपूर्ण बात यह थी कि उनके मन में मलिनता नहीं थी, कटुता नहीं थी। उन्हें अपने अनुयायियों का विश्वास और स्नेह और विरोधियों की प्रशंसा और सम्मान प्राप्त था। सब कुछ चुपचाप और शानदार ढंग से हो जाता था। उस समय हमारे देश में स्वशासन प्राप्त करने से बड़ी कोई समस्या नहीं थी। केन्द्रीय सभा में भारतीय राष्ट्रवाद और विदेशी आधिपत्य के दरम्यान टक्कर थी और मोतीलाल ने भारतीय स्वाधीनता के लिए भूमि तैयार की। उन्होंने स्वाभिमानी और अनुशासित आचरण की शानदार मिसाल पेश की जिसे हमें संसदीय क्षेत्र में प्रवेश करते समय याद रखना चाहिए।

उन्होंने हमें न सिर्फ संसदीय लोकतंत्र की शिक्षा दी बल्कि वह जानते थे कि जब तक राष्ट्रीय एकता स्थापित नहीं होगी, सच्ची आजादी सम्भव नहीं। वह जानते थे कि धर्म को कैसे कट्टरता का पर्यायवाची बनाया जा रहा है, एक प्रकार की श्रेष्ठता की भावना कि सिर्फ एक हम ही सत्य के इजारेदार हैं और बाकी सब अंधेरे में भटक रहे हैं। वह जानते थे कि ऐसी भावनाओं से छुटकारा पाना प्रत्येक व्यक्ति का कर्तव्य है। वह इस मनोवृत्ति के खतरों को पहचानते थे। उन्होंने धर्म को राजनीति में लाने का हमेशा विरोध किया और इस बात पर जोर दिया कि सभी देशवासी अपने-आपको हमारे इस देश के नागरिक समझें और जाति के आधार पर किसी से घृणा न की जाए। उन्होंने एक सुगठित समाज बनाने को कहा।

एक बात और है, जो मैं आप सबको याद दिलाना चाहता हूं। वह स्कीन आयोग के सदस्य थे जिसे नेशनल डिफेंस कालेज कायम करने का काम सौंपा गया था। हम सभी उस युग के लिए काम कर रहे हैं जब सेना इत्यादि

की जरूरत नहीं रह जाएगी। लेकिन वह समय अभी दूर है, हां जब तक वह समय नहीं आ जाता, हमारे लिए अपनी सेना गठित करना, उसे आधुनिक बनाना और हर तरह की साज-सज्जा जुटाना आवश्यक है। इसलिए यह याद करना कि उन्होंने स्कीन आयोग में क्या किया, हमारे लिए उपयोगी होगा।

हमारे विधान और समाज के उद्देश्य उन सिद्धान्तों पर आधारित हैं जो उन्होंने बनाए। उद्देश्य अपनी जगह हैं, पर हमें उनकी उपलब्धि अपने प्रयास, अपनी योग्यता से कुर्सी की हविस और स्वार्थ को दबाकर और अपने आचरण में ईमानदारी लाकर करनी है। हमने जो लक्ष्य निर्धारित कर लिए हैं, उन तक पहुंचने के लिए यह सब आवश्यक है।

मोतीलाल नेहरू का जीवन देश के जीवन में घुल-मिल गया था और अब प्रधानमन्त्री और उनकी सरकार की देख-रेख में हम पिछले पन्द्रह बरस से उन आदर्शों को मूर्त रूप प्रदान कर रहे हैं। हम यह कह सकते हैं कि हमारे देश में जाति, धर्म, रंग और सम्प्रदाय के भेदभाव से ऊपर उठकर लोकतंत्र काम कर रहा है। लेकिन हममें से प्रत्येक अपने को उस शुभ कार्य के लिए समर्पित सेवक समझे जो हमें अपंनी भीरुता से ऊपर उठाएगा और हमें उस महान् कार्य, आधुनिक सभ्य समाज के योग्य बनाएगा।

मैं मोतीलाल नेहरू से पहली मर्तवा तब मिला था जब वह 1928 में कलकत्ता कांग्रेस अधिवेशन की अध्यक्षता करने आए थे। उसी वर्ष उनकी बहुचर्चित नेहरू रिपोर्ट प्रकाशित हुई जो विधान बनाने की दिशा में पहला प्रयास था। मैंने उन्हें तब भी देखा जब वह यहां केन्द्रीय धारा सभा में स्वराज्य पार्टी का नेतृत्व कर रहे थे। अपनी मृत्यु से चंद हफ्ते पहले जब वह कलकत्ता में इलाज करा रहे थे, मैं उन्हें फिर मिला। उन अन्तिम दिनों में उनके विचार स्वराज्य के बारे में थे जिनके लिए उन्होंने इतनी लगन और उत्साह से काम किया। मोतीलाल नेहरू गांधी जी की प्रतीक्षा कर रहे थे। जब गांधी जी आए तो उन्होंने कहा, 'अगर आप इस बीमारी से बच जाएं तो हम निश्चित रूप से स्वराज्य प्राप्त कर लेंगे।' मोतीलाल बोले, 'महात्मा जी, मैं जल्द चल रहा हूं। स्वराज्य देखने के लिए मैं यहां नहीं हूंगा। पर मैं जानता हूं, आपने उसे जीत लिया है और वह हमें जल्द मिल जाएगा।' बड़े दुख की बात है कि वह यह दिन नहीं देख पाए।

मोतीलाल नेहरू का नाम हमारे इतिहास में स्वर्ण अक्षरों में लिखा जाएगा, सिर्फ अपने व्यक्तिगत काम ही के कारण नहीं, बल्कि इस राष्ट्र और संसार

को अपने उत्कृष्ट उपहार जवाहरलाल नेहरू के कारण भी। मोतीलाल का पूरा परिवार उनके उदाहरण से प्रेरित और गांधी जी से प्रभावित होकर राष्ट्रीय आंदोलन का अंग बन गया।

मोतीलाल नेहरू एक धर्म-निरपेक्ष व्यक्ति थे, तमाम पूर्वाग्रहों से मुक्त, हिन्दू, मुस्लिम और ब्रिटिश तमाम अच्छे प्रभावों का स्वागत करने वाले।

उन्हें देखकर प्राचीन रोमन पार्षदों की याद आ जाती है। वह अपनी राजकीय मुद्रा और शाही अंदाज के साथ एक वायुयान के सदृश दुनिया पर ऊंचे मंडराते थे और जिस सभा में जहां बैठे होते थे, वहीं वे अध्यक्ष जान पड़ते थे। उनमें सामान्यता लेशमात्र नहीं थी बल्कि उनके तौर-तरीके में एक विशेषता थी।

वह एक महान् वकील, एक महान् देशभक्त और एक महान् मनुष्य थे, जो कुछ भी निकृष्ट अथवा अपमानयुक्त करने के अयोग्य थे। उनके व्यक्तिगत और सशक्त चरित्र के कारण भारतीय और ब्रिटिश उनका आदर करते थे। शब्द के हर एक अर्थ में मोतीलाल नेहरू एक शानदार व्यक्ति थे।

उनके नेतृत्व के गुण और स्निग्ध मानवता, उनका धैर्य और लगन, उनका साहस और शक्ति, उनका निश्चय और स्वाभिमान—पंडित मोतीलाल नेहरू के गुणों और उपलब्धियों की एक लम्बी सूची सहज में तैयार की जा सकती है। इन सब बातों ने हमारे देश के सार्वजनिक जीवन पर एक अमिट छाप छोड़ी है। अब जो थोड़ा-सा अंश बचा है, उसमें मैं मोतीलाल की राजनीतिक और सामाजिक गतिविधियों का उल्लेख करूंगा।

इतिहास की शक्तियों के अलावा मोतीलाल को राजनीति में लाने का श्रेय जवाहरलाल और गांधी जी को जाता है। हालात को बिगड़ते देखकर जिसकी आत्मा जाग न जाए, वह एक वीर व्यक्ति नहीं है। चाहे वह बहुत आरामदेह जीवन बिताने के अभ्यस्त और पश्चिमी तौर-तरीकों के प्रशंसक थे, पर गांधी जी ने अपने अनुयायियों पर जो अनुशासन लागू किया, उन्होंने अपने को उसके अनुरूप ढाला। गांधी जी ने चरंखा कातने को अपने रचनात्मक कार्यक्रम का आधार बनाया। चर्खा कातना और खादी पहनना राजनीतिक कार्यकर्ताओं के लिए अनिवार्य हो गया। खद्दर राजनीतिक कार्यकर्ता और भारत की करोड़ों जनता के दरम्यान हमदर्दी का सम्बन्ध बन गया। मोतीलाल विदेशी कपड़े पहनना छोड़कर भारतीय शैली में खद्दर पहनने लगे और इस नई शैली में वह पहले से भी ज्यादा प्रभावशाली दीख पड़ते थे। उन्होंने इलाहाबाद की

गलियों में फेरी लगाकर खद्दर बेची। वह 1930 के सविनय भंग आंदोलन में सम्मिलित हुए और जेल जाकर कष्ट भोगा।

उनके राजनीतिक जीवन की जो प्रमुख बातें हैं। वह एक महान् संगठनकर्ता और एक महान् सांसद थे। केन्द्रीय धारासभा में स्वराज्य पार्टी के नेता के रूप में उन्होंने जो मापदंड कायम किए, हम उनका अनुसरण करने का प्रयास कर रहे हैं। दर्शक-दीर्घा से मैंने उन्हें कई बार केन्द्रीय धारासभा में विरोधी पक्ष के नेता के रूप में काम करते देखा। अपने शानदार व्यक्तित्व और प्रतिभा की चमक-दमक के साथ वह विरोधी पक्ष का नेतृत्व बड़ी चतुरता, कानूनी सूझबूझ और संसदीय दक्षता से करते थे। उन्होंने सर्वदलीय सम्मेलन की अध्यक्षता की और देश के लिए विधान तैयार किया। उसी वर्ष 1928 में वह इंडियन नेशनल कांग्रेस कलकत्ता अधिवेशन के अध्यक्ष बने। उनके स्थान पर जब जवाहरलाल कांग्रेस के अध्यक्ष बने तो उन्हें बड़ी खुशी हुई। उन्होंने एक फारसी शेर पढ़ा, जिसका अर्थ था, 'जो पिता नहीं कर पाया उसे पुत्र कर दिखाएगा।' उन्होंने कहा कि 'सिर गांधी और आवाज़ जवाहरलाल की' होगी दिसम्बर, 1929 में लाहौर कांग्रेस ने जवाहलाल नेहरू की अध्यक्षता में मुकम्मिल आजादी का प्रस्ताव पास किया। यह प्रस्ताव ठीक आधी रात के समय बहुत भारी बहुमत से पास हुआ और उसके साथ ही नये वर्ष और नये युग की शुरुआत हुई।

अपने संसदीय काम के अलावा मोतीलाल नेहरू ने साम्प्रदायिक शान्ति और एकता पर बहुत बल दिया। उनके लिए यह कोई दांव-पेंच की बात नहीं थी बल्कि उनकी गहरी आस्था और उनके अस्तित्व का अंश थी। जब देश में साम्प्रदायिक सिरफुटौवल हो रहा था और कटुता और हिंसा का दौर- दौरा था, गांधी जी ने उपवास रखा। मोतीलाल ने एकता सम्मेलन की अध्यक्षता की और 26 सितम्बर, 1924 के दिन सम्मेलन में प्रस्ताव पास किया गया कि 'धर्म और भगवान् को मानने की प्रत्येक व्यक्ति को पूर्ण स्वतन्त्रता हो, किसी भी धर्म में चले जाने के लिए किसी प्रकार के दंड अथवा उत्पात करने और ज़बरदस्ती धर्म बदलवाने अथवा किसी दूसरे धर्मावलम्बी पर अपने धार्मिक रीति-रिवाज ढूंसने की निन्दा की जाए।' इस साम्प्रदायिक शान्ति और धार्मिक भाईचारे की आज भी जरूरत है। चाहे अपने धार्मिक उन्माद और साम्प्रदायिक फूट के कारण उनसे हमने बहुत दुःख और क्षति उठाई, पर हमने आवश्यक सबक नहीं सीखा। साम्प्रदायिकता का कीड़ा हमारी राजनीति के शरीर में बहुत

गहरा पैठ गया है। हमें उसे निकाल फेंकने और अपने स्वभाव को शुद्ध बनाने का भरसक प्रयास करना चाहिए।

मोतीलाल नेहरू किसी मिथ्या से नहीं बल्कि संयत तर्क से उग्र सुधारवादी थे। साम्प्रदायिक उन्माद का धर्म की सच्ची आत्मा और हमारे देश की परम्पराओं से कहीं कोई मेल नहीं है।

जवाहरलाल नेहरू ने गांधी जी को बताया कि अपने अन्तिम क्षणों में मोतीलाल ने गायत्री मंत्र का जाप किया। चाहे लगभग चालीस बरस से उन्होंने इसका पाठ कभी नहीं किया था। इस मंत्र के अनुसार, भगवान् एक क्रुद्ध पिता अथवा निष्ठुर न्यायाधीश नहीं है बल्कि ज्योतियों की ज्योति है। ज्योतिषाम् ज्योतिः, एक ज्योति शिखा जो भविष्य में झिलमिला रही है, एक ज्योति जिसकी ओर हम अपनी अयोग्यता के कारण लड़खड़ाते कदमों से बढ़ रहे हैं। भारतीय संस्कृति और उसकी स्वाधीनता की भावना में व्यक्तियों तथा राष्ट्रों के रोगों का निदान करने की क्षमता में मोतीलाल नेहरू की गहरी आस्था थी। मानव गौरव और मानव भ्रातृत्व के कारण उनके जीवन में सभ्यता के प्रति प्यार स्वाभाविक था।

भारतीय संस्कृति पांच हजार बरस तक आगे बढ़ती रही। चाहे उसने कितने ही उतार-चढ़ाव देखे, पर अथाह गहराई और भक्ति तथा सेवा की महान् क्षमता के साथ हम तक पहुंची। हमारी जो राष्ट्रीय भावना और प्रतिभा हैं, उनका स्रोत गहरे और प्राचीन में है, वे कभी अपना मार्ग बदल लेती हैं और कभी उनमें बाढ़ भी आती है, और सूखती भी रही हैं। यह ऐसी भूल-भुलैया है जिसे समझे बिना अपने इतिहास को नहीं समझा जा सकता और जो तथ्यों को मनगढंत कहानियों जैसी अजीब बना देती है। हम कई बार पराजित हुए, लेकिन ये आघात हमें तोड़ नहीं पाए। प्रत्येक प्रहार के बाद भी भारत संभल गया और दुःख और भेद के बावजूद आगे बढ़ा। आज हम अपने इतिहास के एक सृजनात्मक युग में हैं। हम अपने अतीत की शानदार उपलब्धियों का जायजा लेते हुए और समय के तकाजों को सम्मुख रखते हुए अपनी विरासत को नये सांचे में ढालने का भरसक प्रयास कर रहे हैं। हिंसा के इस युग में इतिहास के भाग्यवाद पर, अंधी नियति पर मोतीलाल का विश्वास नहीं था। उनका इतिहास को अपने अनुरूप ढालने की मनुष्य की क्षमता में विश्वास था।

लाला लाजपत राय

लाला लाजपत राय आमतौर पर 'पंजाब केसरी' के नाम से प्रसिद्ध हैं। जब हम विद्यार्थी थे तब हम लाला लाजपत राय और सरदार अजीतसिंह की गिरफ्तारी से और देश-निर्वासन से बहुत प्रभावित हुए थे। मुझे लाला लाजपत राय से उनकी मृत्यु के कुछ बरस पहले तीसरे दशक में पंडित मदनमोहन मालवीय के मकान पर मिलने का सौभाग्य प्राप्त हुआ। बाद में मैंने उन्हें पंडित मोतीलाल नेहरू के नेतृत्व में स्वराज्य पार्टी के सदस्य के नाते केन्द्रीय धारासभा में काम करते देखा।

लाजपत राय ने पहले हिसार में वकालत शुरू की और फिर वह लाहौर चले गए, जहां उन्होंने खूब नाम कमाया और वकालत भी चमक उठी। हिन्दू धर्म में व्याप्त कुरीतियों और अंधविश्वासों पर उनकी दृष्टि गई और उन्होंने इन सामाजिक बुराइयों को दूर करने का निश्चय किया। फिर उन्हें पता चला कि जब तक हम राजनीतिक स्वतंत्रता प्राप्त नहीं कर लेंगे तब तक समाज के दमन से, जिससे इसके अधिकांश सदस्य और विशेषकर स्त्रियां उत्पीड़ित हैं, छुटकारा पाना सम्भव नहीं। अतएव लाला लाजपत राय स्वाधीनता संग्राम के उत्साही सैनिक और साथ ही जातिवाद, छुआछूत और औरत की गुलामी के खिलाफ जिहाद करने वाले योद्धा बन गए।

वह शिक्षा को सामाजिक और राष्ट्रीय उन्नति का बहुत बड़ा साधन मानते थे। स्वामी दयानंद सरस्वती के देहान्त पर लाहौर के डी०ए०वी० कालेज

की स्थापना हुई और लाला लाजपत राय ने इसे राष्ट्रीय शिक्षा और उन्नति के लिए एक सशक्त अध्ययन के रूप में इस्तेमाल किया।

1920 में वह अमेरिका से लौटे और कृतज्ञ देशवासियों ने उन्हें इंडियन नेशनल कांग्रेस के विशिष्ट कलकत्ता अधिवेशन का अध्यक्ष बनाया। वह मोतीलाल नेहरू, सी० आर० दास और दूसरे लोगों द्वारा बनाई गई स्वराज्य पार्टी के सदस्य बने और केन्द्रीय धारासभा के सदस्य चुने गए। उनके नेतृत्व में केन्द्रीय धारासभा ने साइमन कमीशन के बायकाट का प्रस्ताव पास किया। उन्होंने अपने व्यक्तिगत उदाहरण से प्रस्ताव का पालन किया और जब साइमन कमीशन 1928 में सचमुच लाहौर पहुंचा तो उसके विरुद्ध भारतीय जनता का आक्रोश व्यक्त करने के लिए एक जुलूस का नेतृत्व किया और लाला लाजपत राय को भी गम्भीर चोटें आईं, जिनके कारण वह फिर चारपाई से नहीं उठ सक। 17 नवम्बर, 1928 को उनका देहान्त हो गया।

स्वराज्य पार्टी के बहुत-से सदस्य आजादी हासिल करने के लिए गांधीजी के सविनय अवज्ञा और अहिंसक असहयोग के तरीकों से सहमत नहीं थे। अपने अंग्रेजी दैनिक 'दि पीपुल' के पहले अंक में लाजपत राय ने गांधीजी के कार्यक्रम से अपना मतभेद स्पष्ट शब्दों में व्यक्त किया। उन्होंने लिखा, 'सनसनीखेज नाटक और अतिभावुकता का राजनीति में कोई स्थान नहीं है। कुछ समय हम ऐसी योजनाओं के प्रयोग करते रहे जिन्हें मानव प्रवृत्ति में तात्कालिक बुनियादी परिवर्तन लाए बिना अमल में लाना सम्भव नहीं था। किसी भी राष्ट्रीय जीवन के तथ्यों और उनके प्रकाश में प्रगति की संभावनाओं को उजागर करना ही मुख्य रूप से और विशेष रूप से राजनीति है। मानव प्रकृति महीनों और सालों में नहीं बदली जा सकती। उसके लिए दशक, बल्कि शताब्दियां दरकार हैं। पैगम्बर और स्वप्नदर्शी धरती के प्राण हैं। उनके बिना दुनिया सूनी और नीरस होती। लेकिन एक ऐसे राष्ट्र की राजनीतिक स्वाधीनता का आंदोलन, जो एक विदेशी सत्ता के अधीन है और यह सत्ता तोपों और बंदूकों के आधार पर टिकी है, मानव प्रकृति को तुरंत बदल देने के प्रयास पर नहीं आधारित किया जा सकता। ऐसे प्रयासों का असफल रहना और विनाशकारी सिद्ध होना निश्चित है।' लाजपत राय गांधी जी के प्रयास को शांतिपूर्ण ढंग से आजादी हासिल करने में सफल होते देखने के लिए जीवित नहीं रहे।

ऐसे समय जो अब है, जब दुनिया के विभिन्न् भागों में युद्ध चल रहे

हैं और परमाणु शस्त्रों के अम्बार लगाए जा रहे हैं, यह याद रखना समझदारी होगी कि गांधी जी ने जो उपाय बताया, दुनिया की सुरक्षा का उसके सिवाय कोई दूसरा उपाय नहीं है। हम खुद कष्ट उठा लें पर किसी दूसरे को कष्ट न पहुंचाएं। अंतर्राष्ट्रीय झगड़ों को शान्तिपूर्ण ढंग से निटपाया जा सकता है, बशर्ते कि हममें इसके लिए आवश्यक मनोबल और धैर्य हो। यह सच है कि ऐसे क्षण भी आते हैं, जब मानव प्रकृति एक गलती का दूसरी गलती से जवाब देना ही उचित महसूस करती है। लेकिन हमारा आधुनिक इतिहास जल्दबाजी की ऐसी प्रबल कार्रवाई के खिलाफ सजीव विरोधी है।

चाहे लाला लाजपत राय ने लोगों में फैले भेदभाव के खिलाफ लड़ने में कोई कसर उठा नहीं रखी, लेकिन हम जाति, सम्प्रदाय और धर्म के नाम पर अब भी भेदभाव बरतते हैं। जिनसे भेदभाव बरता जाता है, इससे उनके स्वाभिमान को चोट पहुंचती है। लाजपत राय इस बात से बहुत परेशान थे। सामाजिक समानता में उनका दृढ़ विश्वास था। लाजपत राय के जीवन और कृतित्व से अगर हमें कोई सबक सीखना है तो वह यह है कि सामाजिक समानता ही राजनीतिक स्थिरता का एकमात्र आधार है। रीति-रिवाज और अतीत के बल पर हम पर जो विषमता लाद दी गई है, हमें उसके विरुद्ध संघर्ष जारी रखना है। लाजपत राय की उत्कृष्ट देशभक्ति, क्षति उठाने और कष्ट सहन करने का उनका सामर्थ्य, ब्रिटेन और अमेरिका में उनकी जलावतनी—उनका देश निष्कासन—और शहादत ऐसे प्रमाण हैं जिनसे पता चलता है कि वह किस मिट्टी के बने थे। उनके निधन पर गांधी जी ने लिखा था, 'जब तक भारतीय आकाश पर सूरज चमकता है, लाला लाजपत राय जैसे लोग मर नहीं सकते।'

रवीन्द्रनाथ टेगोर

रवीन्द्रनाथ टैगोर ने संसार की दृष्टि में हमारे देश के सम्मान को ऊंचा किया। वह एक बहुमुखी प्रतिभा, एक साहित्यिक कलाकार, एक शिक्षक, एक कवि, एक संगीतज्ञ, एक अभिनेता थे। उन्हें इस योग्य और भाग्यशाली बनाने में प्रकृति बड़ी उदार थी। डा० राय ने ठीक ही कहा था कि उनका दृष्टिकोण ज्ञान पर नहीं बल्कि दृष्टि पर आधारित था। रवीन्द्रनाथ हमें कोई दार्शनिक पद्धति नहीं बल्कि प्रकाश की झलकियां देते हैं, जो हमारे मन को प्रकाशित करती और हृदय को गरमाती हैं। उनकी रचनाएं उतना संदेश नहीं देतीं जितना कल्पना को साकार बनाती हैं। रवीन्द्रनाथ के जीवन का लक्ष्य था मनुष्य को सामान्य जीवन की बासी और बोझिल हवा से ऊपर उठाकर वहां पहुंचा देना, जहां शाश्वत सत्य मिथ्या वाद-विवाद से दूषित नहीं हुआ और जहां मनुष्य का सामान्य अस्तित्व ही एक जीवन, एक उन्माद, एक शक्ति बन जाता है।

अत्यंत प्रतिभावान् व्यक्ति में एक ऐसे पुरुष, स्त्री और एक बालक के गुणों का संयोजन होता है, जिसमें ओज हो, तीक्ष्ण बुद्धि और तीव्र अनुभूति हो और एक बच्चे में होने वाला आश्चर्य और कौतूहल का भाव हो। वैसे ये गुण विशिष्ट नहीं हैं। हमें बेहद मेधावी स्त्रियों का अनुभव हो चुका है। और हम सबमें कुछ अंश में आश्चर्य और कौतूहल की भावना पाई जाती है।

रवीन्द्रनाथ का जन्म एक सुधारवादी हिंदू घराने में हुआ। उन्होंने अतीत

से तादात्म्य स्थापित करने की ही नहीं बल्कि उससे मुक्ति पाने की बात भी कही। तमाम स्वस्थ विकास के लिए निरन्तरता और परिवर्तन आवश्यक है। जब तक हमारे मन मृत रीति-रिवाजों, क्रूर प्रतिबंधों और पंगु बना देने वाली सामाजिक आदतों से मुक्त नहीं होते, हम स्वतंत्र नहीं कहला सकते। आत्मा की हर एक नई गतिविधि का मतलब है पुराने शरीर को, वस्त्रों को त्याग देना। रवीन्द्रनाथ ने महसूस किया कि भारतीय जनता दुराग्रहों, विमूढ़ताओं और हिंसा से छुटकारा पाने के लिए बहुत ही आलसी और अपने-आप में सीमित है।

उन्होंने हमारे कई सामाजिक रिवाजों की निंदा की। ठहरे हुए पानी में मच्छर और मलेरिया पैदा होता है जबकि बहती हुई धारा पानी को स्वच्छ करती जाती है। आत्मविकास के प्रति निरंतर समर्पण की भावना जीवन का सारतत्त्व है।

रवीन्द्रनाथ की रचनाएं दृष्टि और भावना की तीव्रता से उपजी हैं। अपनी साहित्यिक रचनाओं में वह मानव जीवन के उन विशाल असीम प्रदेशों की बात करते हैं जिनके स्नेह और संवेदनाओं, प्रेम और मित्रता का उल्लास और दुखों का वर्णन मात्र बुद्धि नहीं कर सकती। उन्होंने सौंदर्य और वीरता के, भव्यता और आकर्षण के, समर्पण और निराशा के, विद्रोह के उल्लास और पराजय की ग्लानि के गीत गाए। उनके गीत न सिर्फ बंगाल में बल्कि पूरे देश में गाए जाते हैं।

अपनी 'काबुलीवाला' जैसी कहानियों से उन्होंने बच्चों को प्रसन्नता प्रदान की। उन्होंने चांदनी के टुकड़े बटोरे और अपनी 'नया चांद' जैसी कविता के शब्दों में उनका अर्क उतार लिया।

उन्होंने पृथकता का जीवन नहीं बिताया। उन्होंने 1905 में अपना गीत 'क्या तुम इतने शक्तिशाली हो कि भगवान् के बनाए हुए बंधन को काट डालो' गाते हुए कलकत्ता की गलियों में जुलूस की रहनुमाई की। उनका 'जन-गण मन' राष्ट्रीय गीत जो देश की एकता पर बल देता है और जो हमसे उसके प्रति समर्पित होने की मांग करता है, लाखों-करोड़ों व्यक्तियों ने गाया।

दूरदृष्टि का नाम प्रतिभा है, इसमें होने वाली बातों का आभास प्रत्याशित है। रवीन्द्रनाथ राष्ट्रों के बंधुत्व को दुनिया की नियति समझते थे। उनके शिक्षा संस्थान का नाम 'विश्व भारती' का मतलब ही था उस दूर की मंजिल तक पहुंचने की तैयारी करना जहां संसार भर के लोग एक नीड़ को अपना

घर बनाएंगे—यत्र विश्वम् भवति एकनीडम्। तमाम जातियां और राष्ट्र की प्रस्तावना है। टैगोर एक विश्व नागरिक, एक विश्व मानव थे।

वह सिर्फ एक कवि और नाटककार ही नहीं थे बल्कि एक उपन्यासकार और कहानीकार, एक संगीतकार और एक अभिनेता, एक गम्भीर चिंतक और एक समाजसुधारक, एक शिक्षाविद्, एक राष्ट्रवादी और अंतर्राष्ट्रवादी भी थे। जैसे यह सब कुछ काफी नहीं था, अपने अंतिम दिनों में वह चित्रकार भी बन गए । उन्होंने परम्परागत नियमों को रद्द करके नये रूपों और नई रंग योजनाओं के प्रयोग किए। उनके चित्र और रेखाचित्र, ज़िनकी संख्या 1500 के करीब है, हमें कल्पना की एक विचित्र अययार्थ दुनिया में ले जाते हैं। हम उनका सम्मान उनकी बहुमुखी प्रतिभा के लिए ही नहीं करते, इस संकटग्रस्त संसार में उनका काम और जीवन ज़ो पथप्रदर्शन करता है, उसके लिए भी करते हैं।

उन्होंने अपना स्मारक न सिर्फ उपलब्धियों के रूप में बल्कि भावी पीढ़ियों को सबक के रूप में भी आप तैयार किया। जो कुछ उन्होंने अपने-आप को बनाया और जो कुछ बनने के लिए लाखों-करोड़ों मानव प्राणी ललकते हैं, उसके कारण संसार उन्हें अपना मानता है। उन्होंने अपने को एक ऐसी सम्पूर्ण इकाई बनाया, जो सिर्फ एक महान् प्रतिभाशाली व्यक्ति ही के लिए सम्भव और वह मन की उस स्वच्छता तक पहुंचे जिसके लिए प्रयास तो सभी करते हैं लेकिन पहुंच बहुत कम पाते हैं।

मानव जाति की सबसे बड़ी आवश्यकता विकास की दिशा में एक कदम आगे बढ़ना है, रवीन्द्रनाथ के जीवन का लक्ष्य पूर्व और पश्चिम में मानसिक और आध्यात्मिक एकता स्थापित करना था । —'तमाम मानवता की महानता मेरी है। मनुष्य का असीम व्यक्तित्व समस्त मानव जातियों की एकता ही से सम्भव है। मेरी प्रार्थना है कि भारत इस धरती के सभी राष्ट्रों के सहयोग का प्रतिनिधित्व करे। भारत के लिए एकता सत्य और फूट अभिशाप है।'

कवि का नाम दिन के प्रकाश का प्रतीक है, रवि जो अंधकार के कुहासों को और संदेह के बादलों को दूर भगाता है और मानव शरीर के स्वास्थ्य को बहाल करता है।

चाहे उनकी रचनाओं की जड़ें भारतीय मिट्टी में हैं, पर उनके मन ने व्यापक संसार का जायजा लिया और मानव स्वभाव का उनका अनुभव बहुत गहरा था इसलिए उनकी रचनाओं में एक सार्वभौम अपील है। सौंदर्य की

खोज ने उनके भीतर जो एक अद्भुत उन्माद, एक विचित्र भावना जागृत की, उनकी कविताएं और गीत उसीमें ओतम-प्रोत हैं। वे मित्रता के उलट-फेर, प्रेम के सौंदर्य, विछोह के दुख, कहकहे और आंसुओं भय और उल्लास, मानव अभिलाषाओं की व्यर्थता और अतृप्त इच्छाओं के दुख-दर्द, नैतिक पतन की भयंकरता और दुराचार की ग्लानि को व्यक्त करते हैं। उनमें हमारे अंतर्तम को झंझोड़ देने की शक्ति है।

रवीन्द्र की रचनाएं बहुत सी भाषाओं में अनुदित हुई हैं, लेकिन मूल में जो आग, शक्ति, संगीत और करुणा है, वह बेहतरीन से बेहतरीन अनुवाद में भी नहीं आ पाती।

रवीन्द्रनाथ की रचनाओं में प्रेरणा की एकता है। उनका जन्म उस समय हुआ जब भारत में क्रांतिकारी चेतना थी। सामाजिक , राजीतिक और धार्मिक संस्थाओं के विरुद्ध सचेत विद्रोह था। रवीन्द्रनाथ ने इस आंदोलन में भाग लिया और उसे आगे बढ़ाया। जबकि वह सामाजिक विषमता और धार्मिक प्रतिक्रिया से अवगत थे और उसका विरोध किया, लेकिन भारतीय ऋषियों और मुनियों ने जो मूलभूत आदर्श स्थापित दिए थे, उनकी प्रामाणिकता और सप्राणता में भी उनका गहरा विश्वास था।

> ओ मातृभूमि, तुझसे सारा संसार उल्लास ग्रहण करता है पहले-पहल तेरे आश्रमों ही में पवित्र गीतों की रचना हुई। पहले-पहल तेरी ऊषा ही से शुभ विचारों और कार्यों का प्रकाश फैला, वेद मंत्र यही बताते हैं।

उनका कहना है कि भारत ने उथल-पुथल के युगों में उन सजीव शब्दों की रक्षा की जो महान् ऋषियों के मुख से निकले थे। चंद व्यक्तियों की प्रतिभा ने बहुतों के हृदयों को स्पर्श किया।

अपने काव्य में वह भारत की शास्त्रीय परम्परा को अभिव्यक्ति प्रदान करते हैं। जब वह भारत से प्रेम करते हैं तब यह परम्परा ही है जिससे वह प्रेम करते हैं। 'मानव धर्म' निबंध में वह लिखते हैं, 'मेरे लिए भारत एक भौगोलिक इकाई नहीं। मेरे लिए वह एक आध्यात्मिक व्यक्तित्व है। यह मनुष्य के आधिभौतिक अस्तित्व में श्रद्धा की आत्मा है जिसके आगे हमारी तमाम भौतिक सम्पत्ति तुच्छ है। सब कुछ खोकर भी भारत उस आत्मा के लिए अडिग और दृढ़ खड़ा है। यह एक ऐसा वैभव है जो उसके भविष्य के लिए आशा को औचित्य प्रदान करता है।' 1925 में उन्होंने 'इतिहास की भौगोलिक भूमिका'

नाम से एक पुस्तक प्रकाशित की, जिसमें लिखा, 'मंच के बिना नाटक सम्भव नहीं, भूगोल के बिना इतिहास संभव नहीं। ऐतिहासिक चेतना लोगों की स्मृति में कुछ स्थानों से संबंधित होकर ही जीवित रहती है।'

टैगोर का राष्ट्रवाद अंतर्राष्ट्रीयवाद है। 'प्रवासी' नाम की कविता में वह लिखते हैं :

'मेरा घर सब जगह है
मैं इसे खोज रहा हूं
मेरा देश सभी देशों में है
मैं उसे पाने के लिए संघर्ष करूंगा।'

वह हमसे अपने पुरखों की उपलब्धियों के मुकाबले अपने-आपको तोलने की मांग करते हैं। अज्ञात स्थानों की भयंकर बाढ़ों में मनुष्यों की नदियां देश में आकर गिरीं और वह भारत के एक सागर में खो गईं। आर्य, द्रविड़, हूण, पठान और मुगल विभिन्न जातियों के लोगों ने भारतीय संस्कृति को प्रभावित किया जो अभिव्यक्ति की विविधता के बावजूद एक है।

'जो कोई मेरे देश को समझना चाहता है, उसे उस सुदूर युग में यात्रा करनी होगी जब भारत ने अपनी आत्मा को समझा और पार्थिव सीमाओं को पार किया, जब उसने अपने अस्तित्व को एक ज्वलंत उदात्त चरित्र के रूप में व्यक्त किया था जिससे पूर्वी क्षितिज पर उजाला फैला, उससे दूर विदेशों में बसने वालों की नींद टूटी, उन्होंने चौंककर देखा और इस उजाले के कारण मेरे देश को अपना देश माना, आज से नहीं जब वह अप्रसिद्धि, आंतरिक क्षोभ और पृथकता के खोल में सिमट गया, मानसिक दरिद्रता से ग्रस्त है और एक ऐसे अतीत की निरर्थक गुहार लगा रहा है जो दृष्टि से ओझल है और भविष्य के यात्री के लिए उसके पास कोई संदेश नहीं है।'

टैगोर का दर्शन संपूर्णता और एकता का दर्शन था। उन्होंने विभाजन और बिखराव के खिलाफ संघर्ष किया।

भारत के दार्शनिक चिंतन ने टैगोर की रचनाओं को प्रेरित किया। काव्य के जो आठ प्रारंभिक तत्त्व हैं, उनमें दर्शन का कोई स्थान नहीं। लेकिन कोलरिज ने इसे काव्य प्रतिभा का सहोदर माना। शेक्सपियर के काव्य का विवेचन करते हुए वह लिखता है, 'कोई भी व्यक्ति, जो महान् दार्शनिक नहीं था, महान् कवि नहीं बन पाया।' हमें टैगोर में अपनी रचनाओं को अपने प्राचीन अतीत

में विचार के बीज अकस्मात् मालूम हो जाते हैं। रवीन्द्रनाथ कहते हैं, 'धरती के बन्धनों से छुटकारा वृक्ष के लिए कोई स्वाधीनता नहीं है।'

फॉस्ट के माध्यम से गेटे ने मानव आत्माओं की आकांक्षाएं व्यक्त की हैं : 'मुझे यह जानना है कि दुनिया के अंतर्तम अस्तित्व में क्या है?' हमारी वर्तमान सभ्यता अपने कुछ पहलुओं में संसार को उसके रहस्य से वंचित करती, हर एक प्रश्न का उत्तर देने का अभिनय करती है और जो कुछ देखा जा सकता है, छुआ जा सकता है और भांपा जा सकता है, उसी को वास्तव मान लेने की शिक्षा देती है। ऐसे समय जब आकाश भगवान् के वैभव को व्यक्त नहीं करता बल्कि एक असीम स्थान की अनंत स्तब्धता बनकर रह गया है, जब दुनिया को ईश्वरीय उद्देश्य का कर्मक्षेत्र नहीं समझा जाता बल्कि वह एक यांत्रिक विज्ञान के नियमों का अंधा अनुसरण करती जान पड़ती है, रवीन्द्रनाथ ईश्वरीय आत्मा की वास्तविकता पर बल देते हैं, जो विश्व को सूचित करती और प्रेरणा देती है। दुनिया, जो चीजें दिखाई पड़ती हैं, उनका कुल जोड़ मात्र नहीं है। यह वह नहीं, जो नियमों से अनुशासित हो ।

रवीन्द्रनाथ धर्म के आलोचकों की शंकाओं और कठिनाइयों को समझते हैं। 'मैं अपने भगवान् से प्यार करता हूं, क्योंकि उसने मुझे अपने अस्तित्व को नकारने की स्वतंत्रता दे रखी है।' कई नास्तिक बड़ी गम्भीरता से भगवान् की रचनात्मक खोज में लगे हुए पाए जाते हैं। नास्तिकता भगवान् का निषेधात्मक इनकार नहीं है बल्कि आधुनिक जानकारी वास्तविकता केजो नये आयाम सामने ले आई है, उनके पीछे छिपे भगवान् तक पहुंचने का सकारात्मक आंदोलन है। चाहे जानकारी की कोई सीमा नहीं, रहस्य का भी अंत नहीं।

यथार्थ से असंतोष और अदृश्य की आकांक्षा सभी धर्मों का मूल है। मनुष्य पूर्णता प्राप्त करने के लिए संघर्षरत है। इसे प्राप्त करने में असफल रहना अपमान नहीं, इसकी इच्छा ही न करना दुर्भाग्य है। मनुष्य का संघर्ष मुक्ति के लिए है।

मैं अधीर हूं। मैं दूर की चीजों के लिए ललकता हूं।
मेरी आत्मा अस्पष्ट दूरी का छोर छू लेने के लिए उत्सुक है।
ओ दूर के महान्, ओ बांसुरी की तीव्र पुकार।
मैं भूल जाता हूं, हमेशा भूल जाता हूं कि मेरे पंख नहीं हैं,
कि मैं इस स्थान से सदा के लिए बंधा हुआ हूं।

भारतीय परम्परा का विश्वास है कि मनुष्य बौद्धिक स्तर से आध्यात्मिक स्तर की ओर बढ़ता है। भगवान् की बौद्धिक समझ उसकी आध्यात्मिक उपलब्धि से भिन्न है। 'पूर्ण स्वाधीनता उस संबंध की शांति में निहित है जो हम जानकारी के माध्यम से नहीं बल्कि अपने अस्तित्व में स्थापित करते हैं। जानकारी की वस्तुएं हम जानने वालों से असीम फासला बनाए रखती हैं, क्योंकि जानकारी एकता नहीं है। हम स्वाधीनता के संसार में सिर्फ पूर्ण सहानुभूति ही से पहुंच पाते हैं।' टैगोर कहते हैं, मैंने उपनिषद्कार की आत्मा में उसे देखा है जो अद्वितीय है :

'वेदाहमेतम् पुरुषम् महान्तं आदित्यवर्ण तमसः परस्तात् ।'

कवि लिखता है : 'मैंने देखा है, सुना है, मैं ज्ञान की गहराइयों में रहा हूं, मैंने उस सत्य को महसूस किया है जो तमाम ज्ञान से परे है जिसने मेरा हृदय चमत्कार से भर दिया है और मैं गाता हूं।' सत्य की प्राप्ति ही से स्वाधीनता तक पहुंचा जाता है। अज्ञान बंधन, ज्ञान मुक्ति है।

उनके जीवन और विचार का बुनियादी गुण उनके अपने कुछ अनुभवों से निर्धारित हुआ। एक सुबह जब वह अपने घर के बरामदे में खड़े बाग के घने पेड़ों के पीछे से सूरज को निकलते देख रहे थे तब उन्हें सृष्टि की सुंदरता और उल्लास का आभास हुआ। मैंने सहसा महसूस किया कि मेरी आंखों से जैसे एक प्राचीन धुंध एक क्षण में हट गई है और दुनिया के मुख पर छाए प्रभात के शुभ्र प्रकाश ने किसी भीतरी उल्लास को उजागर कर दिया हैं।' 'तमाम चीजों और तमाम इंसानों पर से सामान्यता का अदृश्य पर्दा हट गया और उनका अंतिम महत्त्व मेरे मन की आंखों के सामने उभर आया– अर्थहीन टुकड़ों ने अपनी व्यक्तिगत पृथकता खो दी और मेरा मन एकता के दृश्य के आह्लाद से भर गया—मुझे यह विश्वास हो गया कि कोई सत्ता जो मुझे और मेरी दुनिया को समझती है, मेरे तमाम अनुभवों द्वारा अभिव्यक्त हो रही है और एक हमेशा फैल रहे व्यक्तित्व में जो कला का आध्यात्मिक कार्य है, उनका एकीकरण कर रही है।' रवीन्द्रनाथ का धर्म ज्ञान दृष्टि और अनुभव पर आधारित है।

मनुष्य में अंतिम सत्य बुद्धि नहीं बल्कि यह दिव्य चेतना है जो उसे अपनी सहानुभूति जाति और रंग की तमाम दीवारों से परे फैलाकर प्राप्त होती

है। तब वह महसूस करता है कि तमाम चीजें अध्यात्म रूप से सजीव हैं। दुनिया हमारे लिए अजनबी नहीं है। वह मनुष्य की आत्मा का निवास-स्थान है। प्रत्येक वस्तु जिसका अस्तित्व है, उसमें कुछ न कुछ अमिट है।

महान ऋषियों ने जिस यथार्थ का अवलोकन किया, उसकी कोई परिभाषा सम्भव नहीं है। अलग-अलग व्याख्याएं की गई हैं। उपनिषद् के शब्दों में कहा जाए तो वे हृदय, बुद्धि और मन (हृदा, मनीषा और मनसा) द्वारा तराशी गई हैं।

न संदृशे तिष्ठति रूपमस्य
न चक्षुषा पश्यति कश्चनैनम्।
हृदा मनीषा मनसाभिक्लृप्तो
य एतद् विदुरमृतास्ते भवन्ति।

(यह रूप दृष्टि की परिधि में नहीं आता
कोई भी व्यक्ति उसे आंख से देख नहीं पाता।
उसे हृदय से, आभास से और मन ही मन जाना जा सकता है।
जो जान लेते हैं, अमर हो जाते हैं।)

कवि के धर्म में स्थिर सिद्धांत के लिए कोई स्थान नहीं। धर्म मनुष्य के समूचे अस्तित्व का सत्य की ओर सतत अभियान है और इसी खोज में उसकी उपलब्धि होती है। सत्य किसी एक व्यक्ति अथवा वर्ग अथवा जाति अथवा धर्म की इजारेदारी नहीं है। एक सत्य के बहुत-से मुख हैं, बहूनि मुखानि एकं सद् विप्रा बहुधा वदन्ति। सत्य एक है, बुद्धिमान उसे मुख्तलिफ ढंग से बयान करते हैं। इसी विचार के आधार पर भारत सर्व धर्म समन्वय के लिए संघर्षरत है। विभिन्नताएं भूगोल और इतिहास की घटनाओं का नतीजा हैं। भगवान् की धारणाएं हमारी परम्पराएं और हमारे संसार के अनुसार सापेक्ष हैं। भारत अपने दृष्टिकोण में सदियों से एकरूपता के बजाय अनेक में एक पर बल देता आ रहा है। यदि दृष्टिकोण एकता के लिए फूट का निषेध करता है और मतभेदों के प्रति सही समझ पैदा करता है। जब मतभेद असंगतियां बन जाएं तब झगड़े पैदा होते हैं। टैगोर धर्म के संकीर्ण, रूढ़िगत और इजारेदाराना विचारों को रद्द करते हैं। यह सोचना गलत है कि अमुक राष्ट्र, अमुक जातियां और अमुक धर्म भगवान् के विशेष कृपापात्र हैं।

'भारतीय संस्कृति केन्द्र' नाम के अपने निबंध में टैगोर लिखते हैं : 'हमें याद रखना चाहिए कि विशिष्ट उत्पत्ति का सिद्धांत पुराना पड़ गया है और विशिष्ट कृपा अधिकारी जाति का विचार बर्बर युग का विचार है। हमने समझ लिया है कि कोई भी विशिष्ट सत्य नहीं है।" वह हमें याद दिलाते हैं : 'हमारे पुरखे एक सफेद दरी बिछाते थे, मित्रता और भ्रातृभाव से सबको उसपर बैठने की दावत देते थे। वहा कोई झगड़ा हो ही नहीं सकता था क्योंकि भगवान्, जिसके नाम पर निमंत्रित किया जाता था, वह हर स्थिति में कैसे भी झगड़े क्यों न हों, शान्तिप्रिय है; भगवान् जो क्षतियों और यातनाओं द्वारा ही प्रकट होता है, सृष्टि की तमाम विविधताओं में एक है। और प्राचीन भारत में उसी के नाम पर यह घोषणा की जाती थी, वही अकेला देखता है जो तमाम चीजें अपने भीतर देखता है।'

टैगोर को भगवान् में हमेशा अपनापन दिखाई दिया। वह लिखते हैं : 'मेरा जन्म ऐसे परिवार में हुआ जो उस समय अत्यंत निष्ठा से उपनिषदों के दर्शन पर आधारित एक एकेश्वरवादी धर्म विकसित कर रहा था।' एकेश्वरवादी दुनिया से अलग-थलग हुई किसी निर्जीव मूर्ति की स्थापना नहीं करता, बल्कि दुनिया को प्रबुद्ध बनाने और प्रेरणा देने वाले प्रेम के स्वामी की स्थापना करता है।

कवि के नाते रवीन्द्रनाथ की दिलचस्पी अत्युत्तम एक के बजाय उसके अनेक रूपों में है। अपनी सत्तरवीं वर्षगांठ पर बोलते हुए उन्होंने कहा था: 'सत्य के शुभ्र प्रकाश के संदेशवाहकों का, जो धरती, वायु और जल को पवित्र बनाते हैं और मनुष्य को शान्ति के पथ पर लगाते हैं, मैं सम्मान करता हूं और मैं जानता हूं कि मैं उनकी संगति में नहीं हूं। लेकिन यों ही इस प्रकाश की एक किरण धरती पर उतरती है, मैं कवि के नाते अपना कर्तव्य जान लेता हूं। मैं उसं अनेक में अभिव्यक्त होने वाले अनन्त की, अंतहीन और नामरहित की, जो सभी चीजों का जन्मदाता है, एक आवाज हूं।'

टैगोर के लिए भगवान्, मनुष्य और प्रकृति एक इकाई में बंधे हुए हैं। वह संसार को सूखी हड्डियों की एक घाटी, एक कब्रिस्तान, एक छल, एक झूठ मानने वाले विचार को नहीं मानते। मध्ययुगीन योरुप में शरीर को अपवित्र और संसार को पाखंड माना जाता था और उसे त्याग देने को मुक्ति का एक मात्र मार्ग बताया जाता था। टैगोर के लिए समस्त सृष्टि भगवान् की अभिव्यक्ति है– ईशावास्यम् इदम् सर्वम्। तमाम चीजें भगवान में परस्पर अनुस्यूत हैं।

सूत्रे मणि गण इव। आत्मा और जीवन एक यथार्थ के दो सिरे हैं। संसार जब भगवान् से आच्छादित होता है तो इसकी तुच्छता चली जाती है। टैगोर पास्कल के इस कथन से सहमत हैं : 'मनुष्य एक सिरे पर पहुंचकर अपनी महानता नहीं दिखाता बल्कि दोनों सिरों को एक साथ स्पर्श करके दिखाता है।'

खुद शंकराचार्य, जो माया सिद्धांत के प्रवर्तक के रूप में प्रसिद्ध हैं, दुनिया को केवल धोखा अथवा स्वप्न नहीं समझते। वह हमें बताते हैं कि यह तमाम दुनिया पर विदित है–सर्वलोक प्रत्यक्ष – कि यह अनुभव से अस्तित्व में आई है– सर्वानुभवसिद्ध।

टैगोर के लिए दुनिया विविध, सुन्दर और नई है। वह मानव आत्मा को दृढ़ निश्चय और शान्ति प्रदान करती है। कवि जीवन का समर्थन करता है और इस समर्थन के बिना जीवन अपने आपको नकारता है और अपने अस्तित्व को अस्वीकारता है। जीवन निश्चय ही जीने योग्य है। भले ही इसे दुख और कष्ट सहने पड़ते हैं, पर यह उन चीजों और उपहारों के लिए मूल्यवान है, जो आत्मज्ञान की एक झलक मात्र लाती है। यह सोचना दुरुस्त नहीं कि वे लोग जो खुद दुखी हैं, सिर्फ वही दूसरों के दुख को समझ सकते हैं। जब हम हार्दिक सहानुभूति से दूसरों की सहायता करते हैं तो सहायता करने की हमारी इच्छा की जड़ें उस प्रसन्नता में होती हैं, जो हम जीवन में महसूस करते हैं। मानव प्राणी प्यार करने और प्यार करवाने के लिए उत्पन्न हुए हैं। भारत का प्रतीक सलीब नहीं, कमल है। चाहे दोनों ही सम्पूर्णता के मार्ग से अलग-अलग पहलुओं को व्यक्त करते हैं। मनुष्य की उल्लास के लिए क्षमता और जिन प्राकृतिक और सार्वभौम शक्तियों से वह घिरा हुआ है, उनसे ताल-मेल बैठाने की योग्यता में टैगोर का विश्वास है : विश्वधारा के अपने किनारे हैं, चाहे उसकी शक्ति उसे बांध रखने वाले किनारों से जाहिर नहीं होती है जो सम्पूर्णता की ओर अग्रसर है।'

धर्म को सैद्धान्तिक प्रामाणिकता अथवा कर्मकांडी पवित्रता समझ लेना भूल है। यह आत्मा की शुद्धि अपने-आप का पुनर्निमाण है। यह सत्य की खोज मात्र नहीं, अपने अहं, स्वार्थ, लोभ इत्यादि को जीत लेना है। आदमी आत्मनियंत्रण ही से अपनी मंजिल तक पहुंच सकता है। अहं को मिटा देना ही मुक्ति मार्ग है। सतत बलिदान ही से मंजिल की ओर बढ़ा जा सकता है। 'जीवन,' टैगोर लिखते हैं, 'मृत्यु की बलिबेदी पर एक भीतरी बलिदान है।'

जब हम खुद भगवान् का रूप बन जाते हैं, जब हम उसमें और उसके साथ रहने लगते हैं तब हम उसके प्रकाश और शक्ति के स्रोत, उसी लीला का माध्यम बन जाते हैं। केवल वही सत्य को समझता है, जो आत्मा में तमाम प्राणियों की एकता को समझ लेता है। तब तमाम मनुष्य भाई-भाई दिखाई पड़ते हैं— भ्रातरो मानवाः सर्वे। भारतीय संस्कृति का यही मुख्य सिद्धांत 'यही मूलमंत्र है, क्योंकि मानव प्राणी भगवान् की किरणें, विश्वज्योति की चिनगारियां है :

ममैवांशो जीवलोके जीवभूतः सनातनः ।

सामाजिक उद्देश्यों और आध्यात्मिक जीवन में टैगोर कोई विरोध नहीं देखते। अपनी हिब्बर्ट व्याख्यानमाला को उन्होंने जो शीर्षक दिया, वह 'मनुष्य का धर्म' था। यह समस्त मानवता का धर्म है। इस ब्रह्मांड में, जिसका रहस्य अभी तक मालूम नहीं हो पाया सभी मानव प्राणियों की एक सामान्य नियति है। उनकी सामाजिक चेतना बड़ी तीखी है। उन सामाज़िक विषमताओं, अपमानों और विपत्तियों पर बल दिया है, लाखों-करोड़ों देश वासी जिनके शिकार थे। हम सब समान उत्पन्न हुए हैं, पर जिस ढंग से हमारा पालन-पोषण हुआ, उसने हमें असमान बना दिया है। व्यक्तित्व के प्रति सम्मान तमाम नैतिकता का केंद्रीय सिद्धांत है। हमने अपने व्यवहार में इसकी अवहेलना की है। टैगोर ने कट्टरताओं, जाति और धर्म के टकरावों और पतितों के प्रति उदासीनता के खिलाफ विद्रोह किया।

मेरा सिर खेद से झुक गया,
मेरी आंखों में उमड़ आए आंसू रुक गए।
इस भर्तसना से मेरा हृदय दो टूक हो गया।

राजनीतिक उन्नति नैतिक उन्नति से भिन्न नहीं है। हमारी राजनीतिक दासता हमारी भीतरी कमजोरी का चिह्न है। 'वे जो अपने भीतर स्वराज प्राप्त करने में सफल रहे, बाहरी दुनिया में भी अवश्य उसे खो बैठेंगे।' वे राष्ट्रीय पुनर्निर्माण का एक सकारात्मक कार्यक्रम चाहते थे, सिर्फ विदेशी शासन से मुक्ति नहीं। हमें उन भीतरी कारणों को दूर करना चाहिए जो सामाजिक और

राजनीतिक विषमता उत्पन्न करते हैं। भारतीय भविष्य के बारे में वह आशावादी थे।

कवि स्वप्नद्रष्टा अथवा शेखचिल्ली नहीं होता। वह संसार पर हमेशा अपनी नजर रखता है। गांधी ने उन्हें एक महान् संतरी ठीक ही कहा था। एक राष्ट्र का नैतिक स्वास्थ्य उसी प्रेरणा पर निर्भर करता है। जो उसे अपने कवियों और कलाकारों से मिलती है।

रवीन्द्रनाथ के लिए तपस्या दुनिया से संन्यास ले लेना नहीं बल्कि आत्मनियंत्रण था। अपने जीवन के प्रारंभ में जब उनकी आयु सिर्फ सत्रह बरस थी, उन्होंने अपनी भावनाओं और अपनी कथनी पर नियंत्रण की जरूरत महसूस की, इससे उनके रवैये का पता चलता है।

आग जो पेड़ में दबी रहती है।
फूल बनती है
बंधनों से मुक्त होने पर राख में खत्म हो जाती है।

नारी-सौंदर्य भी उन्हें आकर्षित करता था। अपनी 'दूल्हा' कविता में वह लिखते हैं :

चूंकि हम और तुम मिलेंगे
आकाश पर आलोक ही आलोक है
चूंकि हम और तुम मिलेंगे
संसार हरावल ही हरावल है ।

आत्मज्ञान हमें संसार के बाहरी संघर्ष से मुंह मोड़कर भीतरी चिंतन में डूब जाना नहीं सिखाता। मनुष्य अपने को उतना ही समझ सकता है जितना वह दुनिया को समझ पाता है। अपने को पृथक मानना झूठ है और संसार के साथ अपनी एकात्मकता को महसूस कर लेना सत्य को जान लेना है। भगवद्प्रप्ति मनुष्य की दुनिया और सृष्टि से हमारा निकट संपर्क स्थापित करती है। वह हमें जीवन से दूर नहीं ले जाती। 'मेरा हृदय मानवता के हृदय में विलीन हो जाने के लिए धड़क रहा है। कुछ लोगों को बुद्धि को खोज है और कुछेक को धन की, पर मुझे तेरी संगति चाहिए मैं गाना चाहता हूं।' एकांत जीवन में टैगौर का विश्वास नहीं था। 'गीतांजलि' की अपनी एक कविता में वह कहते हैं, 'हमारे स्वामी ने सृष्टि के बंधनों को अपनी खुशी

से धारण कर रखा है। वह हमेशा हमसे बंधा हुआ है।'

गेटे कहता है, 'प्रारंभ में कर्म था।' आध्यात्मिक स्वाधीनता के नाम पर हमें कर्म से मुंह नहीं मोड़ना चाहिए। तपस्या का अर्थ निष्क्रियता नहीं है। 'गृहस्थ व्यक्ति अपने जीवन को ब्रह्म में स्थापित करेगा, सभी चीजों के सचमुच जिस सत्य की खोज है, वह निषेध अथवा यांत्रिक तालमेल नहीं बल्कि वह शिवं और शाश्वत है, जो अच्छाई और सच्चाई की पूर्ण एकता है। भारत अपने बच्चों को कर्म से मना नहीं करता बल्कि अस्तित्व के आध्यात्मिक अर्थ का शुद्ध ज्ञान प्राप्त करके भगवान् की उपस्थिति में कर्म करने की सीख देता है।' 'भारत के दो पक्ष हैं—एक में वह गृहस्थ और दूसरे में घुमक्कड़ संन्यासी है। पहला अपने घर के कोने से क़दम बाहर रखने से इनकार करता है और दूसरे का कोई घर नहीं है। मैं इन दोनों को अपने भीतर पाता हूं। मैं घूमना, और इस समूचे विस्तृत संसार को देखना चाहता हूं। पर साथ ही मुझे सिर छिपाने को छोटा-सा कोना भी चाहिए, जैसे पक्षी के पास रहने के लिए अपना छोटा-सा नीड़ होता है और विस्तृत आकाश उड़ने के लिए–' टैगोर का जीवन से इनकार करने वाले वैराग्य में विश्वास नहीं है। भारत ने अपने धर्म को विभाजित करके एक पक्ष को व्यावहारिक और दूसरे को सजावट की चीज नहीं बताया। भारत में धर्म समूचे समाज के लिए धर्म है, इसकी जड़ें दूर धरती में जाती हैं, लेकिन शिखर मनुष्य के समूचे जीवन को ढांपता हुआ आकाश को छूता है जैसे बड़ का छतनार पेड़। भगवान् को विश्व में महसूस करना और अपने भीतर भी महसूस करना, उसे ज्ञान से जानना उसे, प्रेम के माध्यम से देखना और अपने आचरण के माध्यम से उसे प्रचारित करना यह काम है, जो भारत बहुत-सी बाधाओं और विपत्तियों के बावजूद अपने बुरे और अच्छे दिनों में बराबर करता आ रहा है।

जिन्होंने टैगोर में एक असांसारिक ऋषि देखने की अपेक्षा की, उन्हें उनके दृढ़ सांसारिक गुण देखकर बड़ा आश्चर्य हुआ। ऋषियों से सामान्य और संतुलित जीवन बिताने की आशा की जाती है। महाभारत में लिखा है : धर्मार्थकामाः सम एवं सेव्याः। य एकसेवी स नरो जघन्यः। सामाजिक जीवन के आदर्श, धन उपार्जन करना, सौंदर्य का आनंद भोगना परिष्कृत गुण होने चाहिए। वह जो, इनमें से सिर्फ एक के लिए समर्पित है दरिद्रता का जीवन जी रहा है। भारतीय धर्म ग्रंथ में जिस एक प्रतीक का प्रयोग हुआ है, इससे सब परिचित हैं। कमल का फूल पानी में रहता है पर वह अपने पत्तों को नहीं भीगने

देता। इसी प्रकार व्यक्ति भी दुनिया में रहकर कर्म करे, पर अपने को उसमें लिप्त न होने दे। टैगोर स्वयं संपूर्ण व्यक्ति थे, जिनमें चिंतन और कर्म का सुंदर सामंजस्य हुआ था।

'एक कवि का वसीयतनामा' में टैगोर स्वीकारते हैं, 'मैंने अपने जीवन के सत्तर बरस पूरे कर लिए, पर अब भी मेरे मित्रों को चपलता के लक्षण की शिकायत है जो वृद्धावस्था की उचित गंभीरता को कम करता है। मुझे अफसोस है कि मैं इससे ज्यादा गंभीर नहीं बन सकता। जो घंटियां और शंख बजाकर मुझे ऊंची वेदी पर बैठाना चाहते हैं, उनसे मैं कहूंगा—मैं एक निचली पैड़ी पर उत्पन्न हुआ हूं—मैं एक कवि हूं और इससे अधिक कुछ नहीं।'

जब उनकी वर्षगांठ मनाई गई तो उन्होंने कहा, 'मेरी वर्षगांठ मना कर मुझे मेरी आयु याद मत दिलाइए। मैं यह मानने से इन्कार करता हूं कि आयु मेरे जीवन में, जो युवावस्था के अतिरिक्त कुछ नहीं जानता और जिसमें मेरे जीवन देवता के साथ मेरा एकाकार है, हस्तक्षेप कर सकती है। युवावस्था जीवन का एक युग नहीं, वह एक मनःस्थिति है, भावनाओं का एक गुण, आत्मा का एक स्वभाव है। कुछ बरस जी लेने से हम बूढ़े नहीं हो जाते हम बूढ़े होते हैं अगर हम अपने आदर्श खो बैठें, अगर हम परिवर्तन से आंखें मूंद लें। सालों से त्वचा पर झुर्रियां पड़ सकती हैं, लेकिन आत्मा पर झुर्रियां तब पड़ती हैं, जब हम प्रेम और निष्ठा त्याग दें। हम बीस के हों या सत्तर के हों, जब तक हमारे मन में अद्भुत सौंदर्य और जीवन के प्रति चुनौती के लिए उत्साह और मुहिमबाजी के लिए उल्लास है तब तक हम जवान हैं। इस कहावत का कि हम उतने ही जवान हैं जितना हम महसूस करते हैं, यही अर्थ है।'

रवीन्द्रनाथ मनुष्य की अपूर्वता पर बल देते हैं। मनुष्य प्रकृति में रहते हुए भी प्रकृति को समझता है। वही तो एक ऐसी जीवधारी रचना है, जिसमें जीवन अपने प्रति सचेत हुआ है। उसमें कल्पना और तर्क की शक्ति है, वह अपने अस्तित्व, अपनी मृत्यु से अवगत है। और उसमें चुनाव करने की बुद्धि है। पशु और प्रकृति में जो एक अनुरूपता है, मनुष्य ने अपने को उससे अलग कर लिया है। उसे अपनी बात दूसरों से, दुनिया-भर से कहने की जरूरत होती है। अगर न कह पाए तो वह असुरक्षित महसूस करता है। 'भगवान् के', रवीन्द्र ने लिखा है, 'सितार में बहुत-से तार हैं, जिनमें कुछ तांबे के और

कुछ सोने के हैं। मानवता भगवान् के सितार में सोने का तार है। उसकी स्वाधीनता, उसकी नैतिकता और उसका सौंदर्यबोध मनुष्य को सोने का तार बनाता है।' अपनी संकलित कृतियों की भूमिका में रवीन्द्रनाथ लिखते हैं, 'मैंने इस दुनिया को प्यार किया है, महानता को प्रणाम किया है, स्वाधीनता की कामना की है और मेरा विश्वास है कि मनुष्य सच्चा है और कि विश्व मानव लोगों के हृदय में हमेशा वास करता है।'

जब यह कहा जाता है कि मनुष्य को इतिहास बनाता है तो रवीन्द्रनाथ कलाकार के नाते अपवाद जान पड़ते हैं। सृजनकर्ता के नाते वह अकेले हैं। वह बाहरी घटनाओं के विवर्त में नहीं पड़े। 1927 में बेटी के नाम पत्र में टैगोर लिखते हैं, '···हमारी आत्मा की गहराईयों में अनन्त शांति का एक स्थान है, जहां हमारे अनन्तवास जन्म और मरण से मिलन और विछोह से, दुनिया के लाभ और हानि से परे रहते हैं।' आत्मा सृजनकर्ता है, बाकी सब सृजन के लिए सामग्री मात्र है। सामग्री इतिहास से, सामाजिक वातावरण से आ सकती है। सामग्री मनुष्य का अस्तित्व नहीं बनाती। वह सामग्री के माध्यम से अपने को अभिव्यक्त करता है। हमारे भीतर जो जीवंत आत्मा है, वह हमें विवशता की यांत्रिकता से मुक्त कराती है। यह स्वाधीनता है जो जीवन को व्यवस्थित बनाने और मानव जाति की शिक्षा में पग आगे बढ़ाने में सहायता करती है। ज्ञान के महान् साधन और प्रेरणा के अतल कुएं हमें इसलिए उपलब्ध हैं कि हम समुचित आदर्शों का चुनाव करें और उन्हें प्राप्त करने के लिए तत्परता से काम करें। हममें इतिहास की दिशा बदलने की शक्ति है। घटनाएं अनिवार्य ढंग से घटित नहीं होतीं। वे भौतिकवादी भी, जिनका सिद्धांत है कि परिस्थितयां मनुष्य को बनाती हैं, आचरण यों करते हैं जैसे उन्हें निर्णय लेने हैं और उनके लिए निर्णय लेना आवश्यक है। मनुष्य में वातावरण के विरुद्ध खड़ा होने और अपनी प्रतिष्ठा बनाए रखने की शक्ति है।

ऐसे समय जब तकनीक का महत्त्व बढ़ रहा है, अस्तित्ववादी इसके परिणामस्वरूप उत्पन्न हुई रिक्तता, जीवन की निरर्थकता, चेतना के विभाजन और व्यक्तित्व के विघटन का विरोध करता है। डार्विन का विकासवाद का सिद्धांत, फ्रायड का अवचेतन और सामाजिक तथा मनोवैज्ञानिक व्यवहार पर परिस्थिति का प्रभाव मनुष्य को वस्तु मात्र बना देता है । विज्ञान के चमत्कारों और उनके प्रयोगों का आविष्कार करने वालों को विज्ञान वस्तुओं में नहीं ढाल सकता है। हमें मनुष्य के सभी आयामों को सम्मुख रखना होगा।

प्रत्येक व्यक्ति अपनी प्रकृति को पूर्ण बनाकर, अपने-आपको प्रकृति की विवशताओं और इतिहास के बंधनों से मुक्त करके मानवता की प्रगति में अपना हिस्सा डाल सकता है।

रवीन्द्रनाथ मानव स्वाधीनता के सृजनात्मक मूल्य और तर्क की शक्ति को कठमुल्लापन के खिलाफ पथप्रदर्शक मानते थे। व्यक्तित्व के ह्रास की जो वर्तमान प्रवृत्ति है, वह सभ्यता के भविष्य के लिए एक बड़ा खतरा है। मनुष्यों को युद्ध में और शान्ति में गोलबंद करके किसी एक तानाशाह अथवा शासकों के एक गुट की इच्छा-पूर्ति के उपकरण बताना मनुष्य को उसके पद से गिराना है। टैगोर के लिए वह हर चीज, जो जीवन को ऊंचा उठाती और उसका सम्मान बढ़ाती है, अच्छी है। जो चीज जीवन को क्षति पहुंचाती तथा विकृत करती है, वह बुरी है।

'अपने समाज और राज्य' लेख में टैगोर लिखते हैं : 'अपनी शक्ति पर अविश्वास मत करो, भली-भांति जान लो कि महानता का समय आ पहुंचा है। भली-भांति जान लो कि भारत में एकीकरण करने वाली शक्ति हमेशा सक्रिय रही है। अत्यंत विपरीत परिस्थितियों में भी भारत ने हमेशा अपना मार्ग बनाया है, यही कारण है कि वह अब भी जीवित है। मेरा इस भारत में विश्वास है। आज भी इसी क्षण में, यह भारत अपनी प्राचीन परंपराओं में और आधुनिक युग के दरम्यान धीरे-धीरे और निश्चित रूप से तालमेल पैदा कर रहा है। हममें से हर एक सचेत रूप से अपना हिस्सा डाले, विद्रोही भावनाएं अथवा कोरी विमूढ़ता हमें हर मोड़ पर असहयोगी न बनाए।' और आगे लिखा है, 'जो शक्तियां हमारे भीतर बंद पड़ी हैं, विदेशी आक्रमण के दबाव से अब मुक्त हो जानी चाहिए क्योंकि भारतीय ऋषियों ने अपने तप-तपस्या से जो अमूल्य उपहार अर्जित किए, संसार को उनकी आज सख्त जरूरत है। विधाता इन उपहारों को व्यर्थ नहीं जाने देगा। यही कारण है कि एक ठीक समय पर उसने हमें कष्ट की इस वेदना द्वारा जगा दिया है।' अतीत की इस आध्यात्मिकता विरासत को मृत अवरोधी से अलग किया जाना चाहिए। वेदी से हमें अग्नि लेनी चाहिए कि ध्वस्त रूपों की राख। टैगोर ने कठमुल्लापन और अंधविश्वास के शिकार बहुत-से व्यर्थ जीवनों, व्यथित हृदयों और टूटे संबंधों की कहानियां लिखी हैं।

धर्म को अगर विनाश के गर्त में नहीं जाना है तो उसका बुनियादी रूपान्तर होना जरूरी है। प्राचीन मत हमारे हृदय को स्पर्श और मन को संतुष्ट नहीं

कर पाते। विधाएं जो परिस्थितियों के अनुरूप बनीं और विषय जो अब नहीं रहे, उन्हें परिवर्तित करना होगा। हमारी शंकाओं के आयाम जितना हम महसूस करते हैं, उससे कहीं गहरे हैं।

रवीन्द्रनाथ राष्ट्रीय जीवन का एक अंग थे। उन्होंने राष्ट्रगीत की रचना की। यह इंडियन नेशनल कांग्रेस के 1911 के अधिवेशन में पहली बार गाया गया था। यह पर्वतों और नदियों, और बहुत-से धर्मों, जातियों और नस्लों वाली धरती की प्रशंसा में लिखा गया गीत है जो इन सबको एक प्रेम के हार में पिरोता है। भारत भाग्यविधाता के अधीन एकता की यह जोरदार अपील है। शब्द मनुष्य के मन में अपने आपकी सबके साथ एकता स्थापित करने की भावना जगाते हैं और तमाम जातियों के हृदयों की एक जीवन के साथ एकरूपता स्थापित करते हैं।

रवीन्द्रनाथ मुख्य रूप से एक साहित्यकार थे, पर जब कभी गंभीर अन्याय होता था तो वह अपनी आवाज बुलंद करते था। जब अत्याचार हो रहा हो तो आवाज उठाना और उसका विरोध करना हमारा कर्तव्य हो जाता है। टैगोर गांधी के साथ राष्ट्रीय जागृति के लिए जिम्मेदार हैं और वे उम्र भर दुर्बल की कायरता और सबल की धृष्टता का विरोध करते रहे। उनकी दशभक्ति में घृणा, कटुता अथवा अंध राष्ट्रवाद का लेशमात्र नहीं है।

1898 में जब सिडीशन बिल (षड्यंत्र कानून) पास हुआ और महान् नेता तिलक को गिरफ्तार किया गया तो टैगोर ने सरकार की दमन नीति के खिलाफ आवाज उठाई और तिलक ने मुकदमे की पैरवी के लिए चंदा इकट्ठा किया।

1905 में जब बंगाल का विभाजन हुआ तो टैगोर बहुत परेशान हुए। उन्होंने राष्ट्रवाद की भावना से ओतप्रोत गीत लिखे, 'मनुष्य के लिए मुक्ति का कोई मार्ग नहीं अगर कमजोर की शक्ति को तुरंत न जगा दिया जाए क्योंकि शक्तिशाली का हथियार सीमा से बढ़ गया है, दुर्बल की विवशता की कोई हद नहीं है। एक तरफ एक मानव समाज पर अवसरों और लाभों की बैछार हो रही है जबकि दूसरी तरफ विवशता ही विवशता है।'

जब जलियांवाला बाग का हत्याकांड हुआ तो उन्होंने अपनी 'सर' की उपाधि लौटा दी और वाइसराय लार्ड चोम्सफोर्ड को जो पत्र लिखा, उसके अंतिम शब्द ये थे : 'समय आ गया है कि इज्जत के ये तमगे मनुष्य को शोभा नहीं देते क्योंकि एक तरफ हम हैं, जिन्हें विशिष्ट बना दिया गया है और दूसरी

तरफ मेरे वे देशवासी हैं, जिन्हें तुच्छ समझा जाता है, हर तरह सताया और अपमानित किया जाता है।'

टैगोर और गांधी के लिए मनुष्य की महानता का मापदंड उसकी भौतिक सम्पत्ति नहीं बल्कि उसका सत्य है जो सार्वभौम है। घृणा हिंसा से अधिक घातक है। यह मानवता के साथ बलात्कार है। मनुष्य की शक्ति दया और करुणा में है। जब गांधी ने असहयोग आंदोलन शुरू किया तो टैगोर ने सोचा कि यह एक प्रकार का राजनीतिक तप है। उनके मन में एक क्षण के लिए भी निषेध और शून्यता का भाव नहीं आया। उन्होंने असहयोग आंदोलन के सकारात्मक पहलू को समझने का प्रयास किया, पर असफल रहे। 'और मैं अपने-आपसे कहता हूं कि अगर इतिहास के एक महान संकट में तुम अपने देशवासियों के साथ कदम से कदम मिलाकर नहीं चल सकते तो कभी मत कहो कि तुम सही हो और वे सब गलत हैं, केवल सैनिक के नाते अपनी भूमिका से मुंह फेर लो, कवि के रूप में अपने कोने में जा बैठो, जन निर्णय और अपमान स्वीकार करने को तैयार रहो।'

दूसरे विश्वयुद्ध ने उन्हें बहुत परेशान किया। जब कुमारी इलीनोर राथोर ने उनसे अपील की कि वह भारत को नाजियों के खिलाफ युद्ध में खुल्लमंखुल्ला आने को प्रेरित करें, तो उन्होंने कहा, कैसे करूं, भारत खुद राजनीतिक तौर पर स्वतंत्र नहीं है। अपनी मृत्यु से चंद हफ्ते पहले उन्होंने, 'सभ्यता का संकट' शीर्षक जो निबंध लिखा, उसमें वह हम भारतीयों से ऐसी सभ्यता के लिए जेहाद करने को कहते हैं, जिसमें शान्ति संभव हो। सिर्फ एक नैतिक आंदोलन ही उस बर्बरता से, जिसने हमारी सभ्यता को भ्रष्ट कर दिया है, जो युद्ध को, अत्यंत विनाशकारी युद्धों को जन्म दे रही है, हमारी रक्षा कर सकता है।

अपने देश के लिए, रवीन्द्रनाथ की प्रार्थना है, हे भगवान् मेरे देशवासियों की प्रतिज्ञाएं, आशाएं, कर्म और शब्द सच्चे हों। वह यह नहीं कहते कि 'मेरा देश सही या गलत' बल्कि प्रार्थना करते हैं कि उनका देश हमेशा सत्याचरण का मार्ग अपनाए।

चाहे वह ब्रिटिश की आलोचना करते थे और देश को ब्रिटिश गुलामी से आजाद कर लेने के लिए सक्रिय रहे, पर उनके मन में ब्रिटिश के लिए घृणा नहीं थी। 1921 में सी० एफ० एंड्रयूज के नाम पत्र से टैगोर ने लिखा, 'अंग्रेज कौम के खिलाफ़ अपनी तमाम शिकायतों के बावजूद मैं आपके देश को प्यार किए बिना नहीं रह सकता, जिसने मुझे मेरे कुछ प्रिय मित्र दिए

हैं। मैं इस कारण बहुत प्रसन्न हू, क्योंकि घृणा करना बहुत ही घृणित है। सच्ची बात यह है कि सभी देशों के भले लोग दूसरे से प्यार करते हैं। ईंधन के कई रूप हैं, पर आग का एक ही रूप है। जब आपके देश की आग मेरी दृष्टि में आती है तो वह मुझे वही आग दीख पड़ती है जो भारत में हमारे पथ को रोशन करती है और हमारे घरों में उजाला करती है। आओ, हम आग की खोज करें और समझ लें कि जहां कहीं पृथकता की आत्मा है, वहां अंधकार फैला है। आपके देश में जिस मानवता का उदय हुआ है, उसके लिए मुझे अपना दीपक प्रेम से जलाने दो।'

सभ्यता हिंसा में अपने को बनाए नहीं रख सकती। इसकी परख उस शक्ति से नहीं होती जो वह विकसित करती है बल्कि उस प्रेम और मानवता से होती है जो वह प्रकट करती है। कारण, जिनसे सभ्यता का ह्रास और पतन होता है, वे हृदय की निष्ठुरता, नैतिक स्नायुओं की शिथिलता, मानव मूल्यों का अवमूल्यन और मशीन द्वारा मनुष्य की गुलामी। मानव जाति अपने-आपको आध्यात्मिक मूल्यों को फिर जीवित करके विनाश से बचा सकती है। सृजनशील व्यक्ति धैर्य के साथ मिले उत्साह के साथ काम करे, मनुष्य की महानता उसकी परिस्थिति के बजाय उसके अधिक शक्तिशाली बनने के निर्णयों में है।

भारत के इतिहास पर हिन्दुओं या मुसलमानों में से किसी की भी अलग से इजारेदारी नहीं है। 'वे मुसलमान,' टैगोर लिखते हैं, जिन्होंने अपने जन्म और मरण से कितने ही युगों और कितनी ही पीढ़ियों से इस धरती की मिट्टी को अपनी मिट्टी बना लिया है, भारत के इतिहास में उनका भी स्थान है। अंग्रेज भी हमारे इतिहास का अंग बन गए हैं।'

'पूर्व का जागरण हमें यह बोध कराए कि हमारी सभ्यता में आवश्यक और सार्वभौम अर्थ क्या है, हम इसके मार्ग से गंदगी हटा सकें, गतिरोध की गुलामी से जो अशुद्धताएं पैदा करता है, इसकी रक्षा कर सकें और फिर इसे तमाम जातियों के दरम्यान लेन-देन का महान् माध्यम बना सकें।'

रवीन्द्रनाथ की शिक्षाओं में कुछ ऐसा है जो इस धरती का नहीं है। मनुष्य की अदृश्य आत्मा से, जीवन के छिछलेपन से नहीं, श्रेष्ठताओं से उनका संबंध था। जीवन की भ्रम-भ्राँतियों में वह हमें सहज बुद्धि का सहारा लेने को कहते हैं। उनका विश्वास है कि प्रेम और तप से पुनर्कल्याण होता है। वह परिवर्तन से आतंकित नहीं थे। अगर सामाजिक पुनर्कल्याण पर बल दिए

जाने को पश्चिमी कहा जाने को पश्चिमी कहा जाए तो रवीन्द्रनाथ का काम ही इस बात का उदाहरण हो सकता है कि पश्चिमी मूल्यों का और भारतीय आदर्शों का सामंजस्य कैसे हो सकता है। उनके गीत गाए और कविताएं कंठस्थ की जाती हैं। उनकी आवाज हमारे युग की चेतना थी। वह अपनी पीढ़ी के पथ-प्रदर्शक और प्रवक्ता बने। उन्होंने अपने देश और दुनिया को ऐसा जीवन विरासत में दिया, जिसमें तुच्छता और छिछलापन लेशमात्र भी नहीं है।

सरदार वल्लभ भाई पटेल

सरदार पटेल के जीवन का अध्ययन हम तीन भागों-विद्रोही, राजनीतिज्ञ और प्रकाशक के रूप में करेंगे। जब तक हमने स्वाधीनता प्राप्त नहीं की थी, वह अपने नेता महात्मा गांधी के आदेशों का पालन करने वाले अनुशासित सैनिक थे। जो कुछ भी उन्होंने किया, गांधीजी की इच्छाओं के अनुरूप किया। जब उनमें मतभेद भी होता था तब भी वह अपनी राय को अपने उस जनरल के आदेशों के अधीन कर देते थे जिसकी आज्ञा का वह पालन कर रहे थे। बोरसद में बारदोली में, और स्वाधीनता की कई लड़ाइयों में वह अगली पंक्ति में रहे। हर जगह उन्होंने महान् अनुशासन का परिचय दिया। उन्होंने अपने हितों को राष्ट्रहितों से ऊपर कभी नहीं रखा।

वह कम बोलते थे। उनमें स्पष्टता, विश्वास और दूरदर्शिता थी। वह एक किसान परिवार में पैदा हुए और किसानों की भलाई में गहरी दिलचस्पी ली। उन्होंने गांधीजी के नेतृत्व में जितने भी आंदोलन संगठित किए, उन सब का उद्देश्य था संबंधित क्षेत्र के लोगों को एक-दूसरे के करीब लाना, एकता-बद्ध करना, जातिगत और साम्प्रदायिक भेदभाव को भूलकर सम्पूर्ण इकाई के रूप में ही लक्ष्य के लिए काम करना सिखाना।

उनका अत्यंत महत्त्वपूर्ण काम वह था जो उन्होंने राजनीतिज्ञ के

रूप में किया। स्वाधीनता-प्राप्ति के तुरंत बाद, दो बरस के अर्से में उन्होंने बड़ी होशियारी से और अपनी समझाने-बुझाने की शक्ति से 500 रियासतों का भारतीय संघ में विलय कर दिया। प्रधानमंत्री नेहरू ने कहा था, सरदार पटेल भारत की एकता के शिल्पी हैं। वह अपनी प्रेरकशक्ति से प्रशासनिक एकता लाने में सफल हुए जो भारत को शक्तिशाली बनाने के लिए आवश्यक आधार थी। इस प्रशासनिक एकीकरण को भावात्तक एकता और राष्ट्रीय एकता में रूपान्तरित करना था। इतने सालों में हम यही कुछ करने का प्रयास कर रहे हैं।

यह विलय न हुआ होता तो देश का क्या बनता, यह कहना मुश्किल है। इस विलय के बाद भी आज हम एकता और मिलाप की बात कर रहे हैं। प्रान्तों को देखिए, देश के विभिन्न भागों को देखिए जहां साम्प्रदायिक मतभेद, जातिगत द्वेष आज भी हमारे सार्वजनिक मामलों पर छाए हुए हैं। आज कम्मा और रेड्डी का, लिंगायत और वोक्कालिगर का, कायस्थ और राजपूत का फर्क देखेंगे–यह भेदभाव अब भी कायम है। आज जिस चीज की जरूरत है, वह हमारे देश की सम्पूर्ण एकता है। हमारा किसी भी जाति और किसी भी धर्म से संबंध हो सकता है पर उसे बहुत गौण पहलू और मनुष्य का विशुद्ध रूप से व्यक्तिगत मामला होना चाहिए। उसे सार्वजनिक मामलों में न लाया जाए। हमारा वर्तमान इतिहास इन्हीं बातों को अत्यधिक महत्व देने के रोग से अवरुद्ध है। हम सबसे पहले अपने को भारतीय समझें और इस पर गर्व करें। वे देश, जिन्होंने पूर्व में भी बहुत ज्यादा उन्नति की है, जापान और चीन हैं। वहां मुसलमान हैं, वहां ईसाई हैं और वहां बौद्ध हैं। लेकिन जहां राष्ट्र के हितों का सवाल आता है, कोई उन बातों के बारे में नहीं सोचता। किन्तु यहां प्रत्येक व्यक्ति अपने को अमुक जाति या धर्म से सम्बन्धित मानता है। इन्हीं भेद-भावों का दौर-दौरा है और इन्हीं के कारण हमारा सामाजिक जीवन दूषित और अपवित्र है।

अतएव सरदार पटेल ने राज्यों का एकीकरण शुरू किया था, उसका तब तक जारी रहना आवश्यक है जब तक कि हम एक राष्ट्र न बन जाएं। यही असली एकीकरण है, जो आज भी हमारा लक्ष्य है।

सरदार पटेल के इस काम के बारे में मुझे लंदन के एक दैनिक पत्र की टिप्पणी याद आती है : 'यह सरदार पटेल की एक महान् ऐतिहासिक

उपलब्धि मानी जाएगी, ज़ो उन्हें अगर ज्यादा ऊंचा नहीं तो कम से कम बिस्मार्क के स्तर पर ला खड़ा करती है।' जब उनकी मृत्यु हुई, लंदन टाइम्स ने यही लिखा था।

वह एक साहसी देशभक्त और एक बुद्धिमान प्रशासक थे। मुझे याद है कि हमारे तीन बड़े नेता एक ही समय तीन मुख्तलिफ नगरपालिकाओं, जिन्हें अब नगर निगम कहा जाता है, के अध्यक्ष थे। राजेन बाबू पटना नगरपालिका के अध्यक्ष थे, हमारे प्रधानमंत्री (नेहरू) इलाहाबाद नगरपालिका के अध्यक्ष थे, और सरदार पटेल अहमदाबाद नगरपालिका के, तब लोगों को उनके निःस्वार्थ परिश्रम और संगठनात्मक शक्ति का पता चला। अब यह प्रशासनिक एकीकरण हो चुका है। अगर हमारे देश को तीसरे या दूसरे दर्जे का राष्ट्र बने रहने के बजाय अव्वल दर्जे का बनाना है, मुकम्मिल दृढ़ता और एकता लानी है, अपने छोटे-छोटे मतभेदों को मानवता के एक जीवंत अंग के रूप में भारत की एक महान् धारणा के अधीन बनाना है तो अभी बहुत कुछ करना होगा। स्वाधीनता-प्रतिज्ञा में कहा गया है कि अंग्रेजों ने हमारे देश को चार प्रकार-राजनीतिक, धार्मिक, सांस्कृतिक और आध्यात्मिक रूप से, तबाह किया। अब जब अपने देश के हम खुद मालिक बन गए हैं, इन चारों तबाहियों को खत्म करना है।

जब गुजरात में बाढ़ आई, जब उन्होंने बारदोली सत्याग्रह का संचालन किया और उन तमाम क्षेत्रों में जिनमें उन्होंने काम किया, एक प्रशासक के नाते एक महान् संगठनात्मक योग्यता का परिचय दिया। वह अहमदाबाद नगरपालिका के अध्यक्ष थे तो उसे एक आधुनिक संस्था बना दिया। तब लोगों को सार्वजनिक धन में हेरा-फेरी अथवा उसे व्यर्थ खोने की शिकायत नहीं थी। उन्हें विश्वास था कि जो कुछ भी इकट्ठा किया जा रहा है, वह उसी उद्देश्य के लिए उपयोगी ढंग से खर्च किया जाएगा, जिसके लिए एकत्रित किया गया है। आज भ्रष्टाचार की इतनी चर्चा है। यह सच हो या न हो, इस चर्चा से हमारे सामान्य चरित्र और योग्यता का स्वरूप तो सामने आता है। अतएव इस प्रकार की आलोचना के लिए कोई गुंजाइश, कोई आधार न रहे जो लोग हमारे जैसे महान् देश का प्रशासन चलाते हैं, उन्हें संदेह से ऊपर होना चाहिए, अगर जरूरत पड़े तो वे देश के लिए जान की बाजी तक लगा देने में समर्थ हों,

न कि लम्पटता और दबाव के आगे झुकने वाले। यह बहुत आवश्यक है।

जब तक हम गरीबी के दानव को मार न भगाएं, जो वास्तव में जातिगत और साम्प्रदायिक झगड़ों के लिए जिम्मेदार हैं, जब तक भूख, बेरोजगारी और रोग को दूर नहीं कर पाएं तब तक आर्थिक स्तर ऊंचा नहीं होगा। जातिवाद, साम्प्रदायिकता, नीच जाति, हरिजन, स्पृश्यता, इत्यादि हमारी जितनी भी बुराइयां हैं, अगर हम उनकी जड़ खोजना चाहें तो वह अंततोगत्वा गरीबी में मिलेगी, जिससे अधिकांश जनता पीड़ित है। अगर हम देशवासियों के जीवन स्तर को ऊंचा उठाने में समर्थ हों तो यह उत्पीड़न नहीं रहेगा। न सिर्फ स्तर आवश्यक है, इस देश की मेहराब में प्रत्येक व्यक्ति एक मुख्य पत्थर है। हमारी जनता हमारी सबसे मूल्यवान निधि है और जब तक लोगों में एक प्रकार का सांस्कृतिक दृष्टिकोण विकसित नहीं किया जाएगा, जब तक उसमें यह भावना नहीं लाई जाएगी कि वे एक महान् परंपराओं वाले महान् राष्ट्र के सदस्य हैं, हमारी शिक्षा किसी भी पहलू से मुकम्मिल नहीं समझी जाएगी।

लोग प्रायः कहते हैं कि धर्म में उनका विश्वास नहीं धर्म के मामलों में शंका आ गई है। जहां तक हमारे नैतिक आचरण का संबंध है, उसमें पथ-प्रदर्शक का अभाव है और मूल्यों का कतई अहसास नहीं। धर्म एक ऊपरी अथवा कोष्ठक चिह्न नहीं है। यह हमारे अस्तित्व का गहनतम भाग है। हमारे जीवन के सारे कार्यकलाप में यदि गहराई है तो हम धार्मिक हैं। अनन्त अथवा सर्वोच्च हमारे अस्तित्व का गहनतम अंश है। हमें सतह से नहीं बल्कि अंतिम गहराई से काम करना चाहिए। गहराई का जीवन प्रमाणिक रूप से धार्मिक जीवन है। अगर आप अपने बच्चों में इस प्रकार का दृष्टिकोण विकसित कर सकें तो वे आधुनिक संसार की शंकाशीलता और कृत्रिमता का शिकार नहीं होंगे। हम सब स्वभाव ही से, वास्तविक रूप से, गहराई से और प्रामाणिक रूप से धार्मिक बन जाएंगे।

लोकतंत्र की रक्षा, नैतिक मूल्यों की रक्षा जिनसे लोकतंत्र का गहरा संबंध है, देशवासियों के जीवन स्तर को ऊंचा उठाना और युवक-युवतियों में उचित सांस्कृतिक दृष्टिकोण के साथ-साथ पड़ोसियों के साथ संबंधों में गहराई की भावना विकसित करना, यह है हमारा लक्ष्य, और मुझे

इस बात की पूरी आशा है कि हम अपने देश में यह उचित परिवर्तन ला पाएंगे।

सरदार पटेल जैसे व्यक्ति का जीवन आधुनिक भारत के एक महान् निर्माता के निःस्वार्थ परिश्रम की याद दिलाता है। कर्त्तव्य के प्रति निष्ठा, अनुशासित आज्ञाशीलता, उनका उत्साह और जीवन तक की बाजी लगा देने को तैयार रहना, ऐसे गुण हैं जो हम सरदार पटेल के उदाहरण से सीखते हैं।

स्वाधीनता-प्राप्ति से पहले और बाद में वह हमारे आधुनिक इतिहास के धुरीस्वरूप व्यक्तियों में से एक थे।

स्वाधीनता-संग्राम के दौरान वह महात्माजी के वफादार सहयोगी थे। गांधीजी का शब्द उनके लिए कानून था। उनकी रहनुमाई में सरदार पटेल ने बारदोली और बोरसद के सत्याग्रह आंदोलनों का संचालन किया। उन्होंने बारदोली के किसानों से कहा कि वे सरकार को अपनी जमीनें इंग्लैंड ले जाने की चुनौती दें। उनके नेतृत्व में बारदोली भारतीय किसानों की आशा का चिह्नऔर शक्ति का प्रतीक बन गया। बारदोली में उनके काम को देखकर गांधीजी ने कहा था, "वल्लभ भाई ने बारदोली में अपना वल्लभ देवता पा लिया।"

रियासतों के उनके विलय कार्य और 500 के करीब रियासतों को केन्द्रीय प्रशासन की परिधि में लाने का उल्लेख पहले हो चुका है। पटेल ने समझ लिया था कि देश में राजनीतिक स्थिरता उसकी एकता पर निर्भर है। यह काम कितनी सहजता से संपन्न हुआ, वह इस बात से विदित है कि ग्वालियर के महाराजा साहब, जिन पर इस काम का सीधा प्रभाव पड़ा, सरदार पटेल के कार्य और दूर दृष्टि की आज प्रशंसा कर रहे हैं। वह व्यक्ति, जो फूट की प्रवृत्तियों को प्रोत्साहित कर रहा है, देश का मित्र नहीं है। हमें वह सामाजिक एकता विकसित करनी है जो परिवार, जाति और धर्म की सीमाओं से परे है।

पटेल अपने विचारों को कार्यान्वित करने में सफल हुए, क्योंकि किसी भी समिति में जो मनुष्य अपने मन को समझता है, हमेशा उन लोगों पर छा जाता है जो समस्याओं को खुले मन और कई बार खाली मन से लेते हैं। वह हमेशा ध्यान रखते थे कि उन्हें क्या करना है और उन्होंनें वह किया। दृढ़ता और निर्भयता उनकी विशेषताएं थीं।

वह नाराज हो सकते थे, पर बौखलाते शायद कभी नहीं थे। अपने ही को सही मानना उनका स्वभाव नहीं था। उनमें व्यक्तिगत राग-द्वेष अथवा पूर्वाग्रह नहीं थे। उन्हें अतीत का गहरा बोध था और साथ ही उसके प्रति आलोचनात्मक दृष्टि भी थी जिससे उसमें जो जीवित रहने में सक्षम और समर्थ है, उससे उन्होंने जीवंतता और उत्साह सीखा। जीवन को पीछे जाकर समझना और आगे बढ़कर जीना चाहिए। हमें अतीत से चिपटना नहीं चाहिए। जैसे जीवन में वैसे ही राजनीति में, गत मास के चांद के लिए चिल्लाना मूर्खता है।

क्रांतियां प्रायः अपने पीछे निराशाओं और मोहभंगों की लंबी रेखा छोड़ जाती हैं। संघर्ष के जोश में हम बड़े-बड़े आदर्शों की घोषणा कर देते हैं, और ऊंचे स्वप्न देखते हैं। जब संघर्ष समाप्त हो जाता है तो हम ठोस यथार्थ के संपर्क में आतें हैं और आदर्शों को लागू करने के लिए समझौते करने पड़ते हैं, पीछे हटना पड़ता है, जिससे उपलब्धियों की पवित्रता भंग होती है। हर एक सफल क्रांति को आलोचना का सामना करना पड़ता है, और यह आलोचना सिर्फ दक्षिण पक्ष से और क्रांति द्वारा उखाड़ फेंके गए लोगों ही से नहीं होती बल्कि वाम पक्ष- एक समय के सहयोगियों से भी होती है, जो इस पर सिद्धांत के साथ गद्दारी का आरोप लगाते हैं। आवश्यक है, उन आदर्शों और बुनियादी सिद्धांतों पर अडिग रहना जो क्रांति का आधार थे।

हममें से कुछ लोग अपने-आपको स्वभाव से नेक मानते हैं, पर परिस्थितियों ने उनसे दगा की। बेहतर है कि हम भीतरी ह्रास के चिह्नों को देखें और समय पर उनकी रोकथाम करें। कोई बाहरी देश किसी राष्ट्र का पतन नहीं कर सकता। वह अपना पतन आप करता है। हम इस बात का ध्यान रखें कि हम जो कुछ भी करते हैं, उसमें हमारा आचरण हमें उन महान् नेताओं का सुयोग्य उत्तराधिकारी बनाता है, जिन्होंने जन सेवा को और सब बातों से ऊपर जाना।

सरकार लाखों-करोड़ों के लिए है और नेताओं को जनसाधारण की आवश्यकताओं, आकांक्षाओं, भय और शंकाओं से अवगत होना चाहिए। जनसाधारण के मन और आत्मा से एक अप्राकृतिक पृथकता में रहने का जोखिम वे नहीं उठा सकते। सरदार पटेल अनुशासित आज्ञाकारिता द्वारा स्वाधीनता का उदाहरण छोड़ गए हैं। स्वाधीनता सेवा और त्याग

द्वारा बार-बार प्राप्त करनी होती है। सरदार पटेल में हम एक महान् साहसी, विद्रोही, एक बुद्धिमान राजनीतिज्ञ और एक आदर्श प्रशासक देखते हैं। अगर हम सरदार पटेल के इन गुणों को स्मरण रखें तो हमारा देश बराबर उन्नति करेगा। मुझे यह दृढ़ विश्वास है कि उनके ये गुण हमें भविष्य में प्रेरणा देते रहेंगे।

डॉ. राजेन्द्र प्रसाद

यह हमारे देश का बड़ा सौभाग्य है कि हमारे गणतंत्र के निर्माण के दिनों में और गणतंत्र की स्थापना के तुरंत बाद डा० राजेन्द्र प्रसाद राष्ट्रपति चुने गए और उन्होंने बारह बरस से अधिक समय तक देश का नेतृत्व किया। भारतीय संस्कृति में जो कुछ उत्कृष्ट था, वह उसके प्रतीक थे। सेवा, वैराग्य और बलिदान हमारी उपलब्धियों के शिखर हैं। उनमें इन तीनों गुणों का समावेश था। उनका जीवन, उस समय से जब उन्होंने संघर्ष में पदार्पण किया, उनकी मृत्यु के दिन तक, देश सेवा के लिए समर्पित था।

यह सच है कि उन्होंने और भी बहुत-सी गतिविधियों में मुख्य भाग लिया; लेकिन यहां हम उनके उसी काम का जायजा लेंगे, जो उन्होंने विधान बनाने और विश्व-बंधुत्व के सिलसिले में किया। दिल्ली में जो उन्होंने आखिरी भाषण दिया, वह परमाणु विरोधी सम्मेलन में दिया था। गांधीजी के सच्चे शिष्य के नाते उन्होंने बताया कि हमें हर प्रकार की हिंसा से बचना चाहिए, कि हमें राष्ट्रों के दरम्यान शांति और मित्रता स्थापित करने के लिए संघर्ष करना चाहिए और उन्होंने एक पक्षीय परमाणु निःशस्त्रीकण सुझाव रखा। जब उन्होंने अपने इस सुझाव की व्याख्या की तो चाहे वह कितना ही काल्पनिक जान पड़ा हो, पर यह एक ऐसा आदर्श है जिस पर तमाम दुनिया की आंखें लगी हैं।

उनके जीवन ही में परमाणु शस्त्रों की दौड़ शुरू हुई। युद्धों के, हिंसक संघर्षों इत्यादि के अतीत के अनुभव थे। लेकिन इसके बावजूद हम जीवित रह सकते थे, क्योंकि उनका प्रभाव सारी दुनिया पर नहीं, उसके कुछ भाग पर पड़ा। परमाणु शस्त्रों और परमाणु युद्धों का मतलब है कि हमारे सभी सभ्य मूल्य नष्ट हो जाएं। अतीत के तरीके पुराने पड़ चुके हैं, वे वर्तमान पर लागू नहीं हो सकते। अतएव उन्होंने जो सुझाव दिया, वह चाहे काल्पनिक हो, लेकिन वही एक चीज है जिससे मानव जाति की स्थिरता, शांति और संतुलन बना रह सकता है।

हमें केवल परमाणु निःशस्त्रीकण ही की माँग नहीं करनी, हमें युद्ध के कारणों को दूर करना होगा। कारण हैं परस्पर भय, अविश्वास, शत्रुता और राष्ट्रों में असुरक्षा की भावना। अगर हमें संसार में शांति प्रिय राष्ट्रों के रूप में रहना है तो हमें इन कारणों को दूर करना होगा। लोगों को महसूस करना चाहिए कि जाति, संप्रदाय, वर्ग अथवा नस्ल के बावजूद मानवता एक संपूर्ण इकाई है। लोगों को अपनी समझ का क्षितिज व्यापक करना चाहिए, जानकारी बढ़ानी चाहिए, गरिमा विकसित करनी चाहिए और यह महसूस करना चाहिए कि देश अथवा संसार में अगर किसी एक व्यक्ति को दुख उठाना पड़ता है तो तमाम दूसरे भी दुख उठाते हैं।

गांधीजी के निष्ठावान् शिष्य होने के नाते डॉ० राजेन्द्र प्रसाद ने मानव भ्रातृत्व की बात कही। यह एक ऐसी बात है जो हमारे विधान में भी लिखी हुई है। हम राजनीतिक न्याय, स्वाधीनता, भ्रातृत्व और मित्रता के पक्ष में हैं। हमारे विधान के मुख्य उद्देश्यों में से यह भी है, जब तक हम इसकी ओर कदम-कदम न बढ़ें, हमारे लिए इसकी उपलब्धि संभव नहीं। हम जिन कदमों का सुझाव देते हैं, व्यावहारिक दृष्टि से वे चाहे आज अविवेकी और उतावले जान पड़ें, लेकिन वही कदम जो असंभव जान पड़ते हैं, उनके असंभव होने का दबाव ही दुनिया को ऐसा स्थान बनाता है जिसमें हम एक प्रकार के बन्धुत्व और मित्रता से रह सकते हैं।

राजेन्द्र बाबू का यही आदर्श था और उन्होंने दिल्ली की जनता को, देश को और पूरी दुनिया को जो अंतिम संदेश दिया, वह एकपक्षीय परमाणु निःशस्त्रीकरण का था। यह बात नहीं कि इस पर तुरंत अमल

होने वाला है, बल्कि वह जानते थे कि अगर दुनिया को सुखी बनाना है, अगर लोगों को बंधुत्व और मित्रता से एक साथ रहना है तो यही एक मार्ग है। हमें एक-दूसरे से प्रेम करना और एक-दूसरे को समझना होगा। यह आदर्श था, जिससे वह अभिभूत थे, और उन्होंने यह सुझाव रखा हालांकि उन्हें विश्वास था कि श्रोताओं में से अधिकांश इसकी व्यावहारिकता को नहीं स्वीकारते।

मैं फिर कहना चाहूंगा कि वह गांधीजी के निष्ठावान् शिष्य थे। लोकतंत्र में उनका विश्वास था। लोकतंत्र को वह एक प्रगतिशील प्रणाली मानते थे। लोकतंत्र के नाम पर आज हम जो कुछ देख रहे हैं, वह संतोषजनक नहीं है। यह एक ऐसी चीज है जो सतत आगे बढ़ रही है, अगर आगे नहीं बढ़ रही तो यह लोकतंत्र नहीं है। उसे तब तक बढ़ते रहना चाहिए जब तक वह समूचे संसार को अपनी छत्रछाया में न ले ले और उसे एक सुखी मानव परिवार न बना दे।

आचार्य श्री तुलसी

आचार्य श्री तुलसी 25 बरस से तेरापंथियों के गुरु चले आ रहे हैं। इस संप्रदाय में बड़ी संख्या में साधु और लाखों जन साधारण हैं। आचार्य तुलसी के प्रति उनके मन में जो आदर भाव है, वह उनके महान् व्यक्तित्व का परिचायक है।

आचार्य श्री तुलसी का भारतीय जनता पर जो प्रभाव है, वह उनके अणुव्रत आंदोलन के कारण है। देश में यह एक सामान्य भावना है कि हम भौतिक प्रगति पर विशेष ध्यान दे रहे हैं और इस दिशा में काफी कुछ कर रहे हैं, हम सच्ची प्रगति के मानवीय पक्ष के प्रति उदासीन हैं। एक सभ्य मानव को लोभ, दम्भ और क्रोध से मुक्त होना चाहिए। अगर नैतिक संबंध शिथिल पड़ जाए, अगर हृदय में निष्ठुरता आ जाए तो सभ्यताओं का ह्रास होता है। मनुष्य अपने भौतिक स्वार्थों पर ध्यान देने वाला, अपनी बुद्धि और अपने उत्तरदायित्व को प्रयोग में लाने के अयोग्य एक यांत्रिक उपकरण, एक रोबो बनता जा रहा है। लगता है कि उसे स्वाधीनता की अपेक्षा सुविधा प्यारी है। हमारे राजनीतिकज्ञ अपने विशिष्ट-दृष्टिकोण को मनवाने अथवा इच्छाओं की पूर्ति के लिए आन्दोलन खड़ा कर देते हैं। यह दुर्भाग्यपूर्ण है और इस बढ़ती हुई अनुशासनहीनता, ईमानदारी के अभाव, अहंवाद का निदान करने के लिए 1मार्च, 1949 में अणुव्रत आंदोलन शुरू किया गया। इस आंदोलन

की मांग है कि हम सदाचार के सिद्धान्तों का कड़ाई से पालन करें। इसका उद्देश्य लोगों को नैतिक और आध्यात्मिक मूल्यों के बारे में शिक्षित करना है।

यह नहीं कहा जा सकता कि इस आंदोलन के परिणामस्वरूप स्थिति में बहुत सुधार आ गया है। जरूरत है सार्वजनिक भावना की, व्यापारिक ईमानदारी की, व्यक्तिगत सच्चाई की, पारिवारिक जीवन और शान्तिमय आचरण की। इन सबकी उपलब्धि सहज बातों से संभव नहीं। इसकी उपलब्धि का एक ही मार्ग है कि युवक-युवतियों को अपनी संस्कृति की आवश्यक बातों से अवगत कराया जाए। इसका खुलासा तीन शब्दों— अभय, अहिंसा और असंग में प्रस्तुत किया जा सकता है। दुनिया में जितने भी धार्मिक मत हैं सभी इन्हें मानते हैं।

अभय–हम जिस दुनिया में रहते हैं, दुखों की खान है। लोक्म शोकहेतम् च समस्तानि–रोग, वृद्धावस्था, मृत्यु–उपनिषद् यह प्रश्न उठाते हैं और पूछते हैं कि इससे बचने का कोई मार्ग है ? और फिर उत्तर देते हैं कि हां, मार्ग है। बुद्ध भी वही बात कहते हैं, ईसाई धर्म भी ऐसा ही कहता है। गीता समर्थन करती है– अनित्यम् असुखम् लोकम्, और फिर तर्क करती है कि हम इन व्याधियों से भगवद्भक्ति द्वारा छुटकारा पा सकते हैं। यों हम अंतिम यथार्थ तक पहुंच जाते हैं ब्रह्म जिज्ञासा बुद्धि का प्रेम है। भय से मुक्ति पाने का एकमात्र उपाय यह विश्वास है कि कोई शक्ति है जो हमें इस काल के संसार से मुक्त करती है, जो खुद काल रहित है। उपनिषद् कहते हैं : आनंदम् ब्राह्मणो विद्वान् न बिभेति कदाचन। गीताकार कहता है : मा शुचः–डरो मत। बुद्ध कहते हैं कि अगर हम धर्म के मार्ग पर चलेंगे, तो दुख समाप्त हो जाएंगे।

चूंकि हम भयभीत है, इसीलिए इसका यह मतंलब नहीं कि शक्ति है जो हमारा भय दूर करती है। चूंकि हम भूखे हैं, इसीलिए इसका यह मतलब नहीं कि हमारी भूख मिटाने के लिए भोजन है। श्रेष्ठ यथार्थ की धारणा हमारी एक इच्छा-तृप्ति मात्र हो सकती है। इसलिए कहा जाता है कि हम दुनिया का एक अनुभववादी जायजा लें और तर्क द्वारा उस यथार्थ की स्थापना करें जो कालातीत और श्रेष्ठ है। ब्रह्म संसार-क्षेत्र है।

केवल इच्छा अथवा तर्कसंगत निष्कर्ष ही काफी नहीं है, हमें सर्वसत्ता का साक्षात्कार एक व्यक्तिगत अनुभव होना चाहिए। श्रद्धा विश्वास नहीं है, बल्कि आत्मा की एक स्थिति है। सभी धर्मों का इसमें विश्वास है। बुद्ध के लिए केवल ज्ञान, जैन का समयोग दर्शन, गीता का ब्रह्म संस्पर्श, ईसाइयों का सत्य जो भय को भगा देता है– ये सब व्यक्तिगत अनुभव पर निर्भर हैं।

भारतीय विचार-पद्धति की विशेषता यह है कि यथार्थ के इस निरीक्षण का अर्थ भगवान् को अपने भीतर खोजना है। छांदोग्य उपनिषद् कहता है कि जिस सत्य के सहारे यह सारा संसार खड़ा है, वह मनुष्य के भीतर है– एतद् आत्मायम् इदम् सर्वम् तत् सत्यम् स आत्मा तत् त्वम् असि। और फिर कहा है, एषः देवो विश्वकर्मा मतात्मा सदा जानानाम् हृदय सन्निविष्टः दहो देवालयो नाम। बुद्ध की तपस्या सर्वोत्तम को जान लेने का प्रयास था। जैनियों का विश्वास है, कर्म के शरीर के पीछे हर एक आत्मा में अनन्त ज्ञान, अनन्त शक्ति, अनन्त सुख है। जीव अपने स्वभाव ही से पवित्र है। अन्तिम ज्ञान उसकी प्रवृत्ति में निहित है। कार्मिक शरीर द्वारा उत्पनन अज्ञान ने उसे ढांप रखा है। कर्म- बंधन में जीव को केवल सीमित ज्ञान का अनुभव होता है, पर ज्यों ही महान् ज्ञान के ये प्रतिबंध दूर होते हैं, अनंत ज्ञान का प्रकाश होता है और आत्मा का वास्तविक रूप प्रकट हो जाता है। प्रतिबंध इच्छाएं और लालसाएं हैं।

पूर्ण आत्मा सिद्ध परमेष्ठिन् है। यह निर्विकार शान्ति की, कर्म और इच्छा से अलग हुए बंधन-मुक्त अस्तित्व की स्थिति है। अर्हत् अभी अंतिम मुक्ति पर पहुंच नहीं पाया, पर दुनिया में करुणा के साथ इसी के लिए काम कर रहा है। तब हमारे पास सामान्य मानव शिक्षक है।

इससे तमाम धर्मों के प्रति आदर-सत्कार की भावना उत्पन्न होती है।

अजोपि स्त्रव्ययात्मा भूतानामीश्वरोपि सन्
प्रकृतिम् स्वाम् अधिष्ठाय सम्भवाम्यात्ममायया।

चाहे (मैं) उत्पनन नहीं हुआ, चाहे मेरा स्व विनाशशील है, चाहे

मैं सारी सृष्टि का स्वामी हूं, फिर भी अपने-आपको अपनी प्रकृति में स्थापित करते हुए, मैं अपनी शक्ति से (अनुभववादी) अस्तित्व में आता हूं। स्याद्वाद इस बात का समर्थन करता है कि अनुभव की निरपेक्षता, भाषा अथवा तर्क की निरपेक्षता नहीं है। हमें नामों को लेकर झगड़ना नहीं चाहिए, हम भगवान् को महत्त्व देते हैं। मनुष्य अभिलाषा के पंखों पर धरती से आकाश की ओर, अज्ञान से ज्ञान की ओर, अंधकार से प्रकाश की ओर उड़ता है। इस अभिलाषा के बिना मनुष्य विशुद्ध पशु, सांसारिक, कामी, बुद्धिहीनग और विमूढ़ बना रहता है।

अहिंसा— अगर हमारा यह विश्वास है कि प्रत्येक व्यक्ति में भगवान् है तो इसका मतलब है कि दूसरों के प्रति हमारा व्यवहार उन्हें कष्ट न पहुंचाने का होना चाहिए। अहिंसा का अर्थ है वैर त्यागना, घृणा छोड़ देना। इसमें कोई संहेह नहीं कि वे तमाम लोग जो भय से मुक्त हैं, जो अभय की स्थिति में पहुंच चुके हैं, वे संसार में प्रेम और करुणा की भावना से काम करेंगे। तमाम सभ्य आचरण का आधार प्रेम है। हमारे तमाम दुखों की जड़ हमारा संतुष्ट न होने वाला स्वार्थ है। जब तक हम अपने स्वार्थ पर विजय नहीं पा लेते, हमारा जीवन दुखी और अंत खेदपूर्ण होगा। मरना मिट जाना नहीं है। इससे लालसा मिटती है जो जीवन को नीच और दयनीय बनाती है। यह आत्मा की शान्ति है। बुद्ध कहते हैं : 'जरूरतमंदों को दिल खोलकर दो।' त्याग इसकी प्राप्ति का मार्ग है। तड़कीले-भड़कीले वस्त्र अथवा बाहरी धन-सम्पत्ति त्यागने से नहीं, खाने की कुछ चीजें छोड़ने से भी नहीं, बल्कि दम्भ का भाव, धन की लालसा, आत्मसम्मान का मोह त्यागने से घृणा, ईर्ष्या और स्वार्थ त्यागने से हमें हृदय की पवित्रता प्राप्त होती है। क्रोधी व्यक्ति दूसरों को सुधारने को उत्सुक होता है, विवेकशील व्यक्ति अपने को सुधारता है। आत्म-विजय का अर्थ है आत्म-मुक्ति। जैनियों का त्रिरत्नश्रद्धा, सही ज्ञान और सही आचरण है। जैनियों का पंचशील अहिंसा, सत्य, अस्तेय, ब्रह्मचर्य, अपरिग्रह है और बौद्धों का भी लगभग वही है–अहिंसा, सत्य वचन, ब्रह्मचर्य, अपरिग्रह और सुरापान-निषेध ।

असंग– जब हम दुनिया में कर्म करते हैं तो कर्मों के फल के प्रति आसक्ति से मुक्त होकर करते हैं।

योगस्थ कुरू कर्माणि संगम त्यक्त्वा धनंजय, और फिर गत संगस्य

युक्तस्ता युक्त का अर्थ है– संग से स्वतंत्रता। हम अनासक्त तो हैं पर उदासीन नहीं।

अगर हम आध्यात्मिक जीवन की ये आवश्यक बातें, भय से मुक्ति, प्रेम और अनासक्ति-प्रचारित-प्रसारित कर सकें तो हम मानव जाति के चरित्र को ऊंचा उठा सकेंगे। आचार्य तुलसी ने जिस अणुव्रत संघ की स्थापना की है और जिसके लिए वह काम कर रहे हैं, उसका उद्देश्य व्यक्ति की और यों समाज की नैतिकता को बेहतर बनाना है।

एक सच्चे लोकतंत्र का उद्देश्य नैतिक व्यक्तियों का निर्माण करना है। लोकतंत्र में राजनीतिक सत्ता जनता से प्रेस और मंच से अपील करके हासिल की जाती है। इसके विपरीत नैतिक शक्ति एक नैतिक व्यक्तित्व में और उसकी प्रमुख विशेषताओं में निहित होती है। सम्राट् और ऋषि में, राम और वशिष्ठ में, राजनीतिक और आध्यात्मिक शक्ति में हमेशा यही अंतर है। ब्रिटिश विचारक हाब्स के शब्दों में, 'सत्ता के लिए अभिलाषा ऐसी अनन्त और व्यग्र अभिलाषा है, जो सिर्फ़ मृत्यु ही के साथ शान्त होती है।' इसका परिणाम दासता है और समाज पर इसका शासन और आधिपत्य व्यक्तिगत लोभ के लिए है। आध्यात्मिक नेता आत्मा की और आत्मा की के स्वास्थ्य की बात करते हैं, उनके प्रवचन हमें झंझोड़ते हैं, प्रोत्साहित करते और जगाते हैं, वे ज्ञान का विषयं नहीं, बल्कि विचारोत्तेजक होते हैं, वे पकड़ में नहीं आते पर हमारे लिए सांकेतिक होते हैं। अपनी तमाम गतिविधियों में हमें उन्हें सम्मुख रखना चाहिए।

मौलाना अबुलकलाम आज़ाद

मौलाना आज़ाद आजादी के परवाने, निर्भीक, साहसी और सच्चे देशभक्त थे। हमारे राजनीतिक जीवन में वह लगभग दो पीढ़ी तक एक अद्वितीय व्यक्ति थे। 1920 में कांग्रेस में प्रवेश करने से पहले भी वह एक क्रांतिकारी थे। उनकी राजनीतिक, सूझ-बूझ, उत्कट देशप्रेम और उत्सर्गमय सेवा को शीघ्र ही मान्यता प्राप्त हुई और उन्हें 1923 में इंडियन नेशनल कांग्रेस का अध्यक्ष बनाया गया। इस पद पर वह विभिन्न गम्भीर अवसरों पर इसके बाद फिर कई बार आए। एक चतुर राजनीतिज्ञ, एक उत्साही देशभक्त और एक महान् बुद्धिजीवी के नाते उनकी देश-सेवाओं का अंदाजा लगाना कठिन है। अपने विश्वासों के लिए उन्हे कष्ट उठाना पड़ा, पर उन्होंने अपने विचार व्यक्त करने से कभी संकोच नहीं किया। उनके नेतृत्व के जो महान् गुण थे, उनमें एक यह भी था कि ख्याति खो देने के भय से उन्होंने कभी अपने विचार व्यक्त करने से संकोच नहीं किया। एक नेता को दृढ़ होना ही चाहिए। जो मनुष्य अपने विचारों के लिए अलोकप्रियता का जोखिम नहीं उठा सकता, वह नेता नहीं बन सकता। जो सबको खुश करने का प्रयत्न करता है, वह किसी को भी खुश नहीं कर सकता।

मौलाना आज़ाद ने हमारी गुलामी के लिए जिम्मेदार दोषों को समझा

और उन्हें दूर करने के लिए सामर्थ्य-भर संघर्ष किया। हमारी फूट ही हमारे बार-बार के अपमान और हमारी गुलामी का सबसे बड़ा कारण थी। उन्होंने इसका विरोध किया, वह राष्ट्रीय एकता लाना चाहते थे। वह पक्के मुसलमान थे और उन्होंने कुरान का जो अनुवाद किया, वह प्रामाणिक है, लेकिन उन्होंने हमेशा राष्ट्रीय एकता और साम्प्रदायिक शान्ति का पक्ष लिया। उन्हें हिन्दू, मुस्लिम, सिख और ईसाई में कोई भेद दिखाई नहीं देता था। वह महसूस करते थे कि इस देश में जितने भी लोग हैं, वे सब देश के वासी हैं। राष्ट्रीय भावना उनके जीवन की संचालक शक्ति थी। वह राष्ट्रीय एकता और साम्प्रदायिक शान्ति के दूत थे। यह सबक उनसे हमें अब भी सीखना है क्योंकि देश में अभी तक ऐसी शक्तियां मौजूद हैं जो हमें एक-दूसरे से अलग करना चाहती हैं। भारतीय एकता को सहज और स्वभाविक नहीं माना जा सकता। भाषाई और क्षेत्रीय झगड़ों के इन दिनों में हमें इसे बड़ी सावधानी से विकसित करना होगा। इन मतभेदों को देश की एकता को समृद्ध बनाने के लिए इस्तेमाल किया जाए।

उनके गहरे मानवतावाद से सभी परिचित हैं। हमारे सार्वजनिक जीवन में क्या सही और क्या गलत है, यह भी वह बखूबी समझते थे। व्यक्तिगत सम्बन्धों में चाहे उनके व्यवहार में करुणा आ जाती थी, पर जहां तक सार्वजनिक मामलों का संबंध हैं, वह सिद्धांत और न्याय से कभी एक इंच भी नहीं हटे। अगर कोई आदमी उनका व्यक्तिगत अपमान कर दे तो वह उसे क्षमा कर सकते थे, लेकिन अगर कोई राष्ट्रीय अपमान करे तो उसे उचित दंड मिलना ही चाहिए। व्यक्तिगत मामलों में करुणा और सार्वजनिक मामलों में न्याय, ये उनके सिद्धांत थे। लेकिन अगर कोई राष्ट्रीय अपमान करे तो उसे उचित दंड मिलना ही चाहिए। व्यक्तिगत मामलों में करुणा और सार्वजनिक मामलों में न्याय, ये उनके सिद्धांत थे। अगर हम प्रशासन में ईमानदारी की उपेक्षा करेंगे तो सरकार की स्थिरता और सामाजिक व्यवस्था की स्थिरता कमजोर पड़ जाएगी। वह गलत या अवसरवादिता के बजाय सही को पसंद करते थे। जब कभी भी प्रशासनिक ईमानदारी का सवाल उठा, उन्होंने सार्वजनिक प्रशासन में ऊंचा स्तर बनाए रखने के लिए संघर्ष किया। यह एक दूसरा सबक है जो हमें याद रखना है।

जब आजादी आई तो उन्होंने महसूस किया कि हमें आजादी का सामाजिक कल्याण के लिए, देश से बीमारी, गंदगी और निरक्षरता दूर करने के लिए और लोगों के मन में अंधविश्वास, रूढ़िवाद और कट्टरता दूर करने के लिए इस्तेमाल करना चाहिए। वह एक स्वतंत्र और स्वच्छंद मन-एक ऐसे मन, जो नस्ल अथवा भाषा, प्रांत अथवा लिपि, धर्म अथवा जाति के संकीर्ण पूर्वाग्रहों से मुक्त हो, के समर्थक और पक्षधर थे। हमें मौलाना साहब में सभ्य मस्तिष्क के दर्शन होते हैं।

जब कभी मैं उनसे बात करने गया, वह अरबी और फारसी के बहुत उद्धरण देते थे। मैं जानता नहीं, पर मुझे बताया गया है कि इन भाषाओं में उनका कोई सानी नहीं था और उर्दू में उनकी जो तकरीरें थीं, वे अपनी शानदार शैली और साथ ही बात को सहज और स्पष्ट बनाने की दृष्टि से लाजवाब थीं।

हम याद रखें कि उन्होंने राष्ट्रीय एकता, प्रशासन में ईमानदारी और आर्थिक प्रगति के आदर्शों के लिए काम किया। हमारे अपने भी यही आदर्श हैं। उनकी याद मानने का सिर्फ एक ही तरीका है कि हम इन आदर्शों पर चलें और हर रोज अपने से पूछें कि अपने कार्यों द्वारा हम राष्ट्रीय एकता को बढ़ावा दे रहे हैं, प्रशासन में ईमानदारी को बढ़ावा दे रहे हैं और हम आर्थिक तथा भौतिक उन्नति को बढ़ावा दे रहे हैं? यही एक तरीका है जिससे हम उनकी जिन्दगी के सबक अपने आचरण में ढाल सकते हैं।

पुस्तकें उनकी स्थायी और प्रिय मित्र थीं। उन्होंने 'प्राच्य और पाश्चात्य दर्शन का इतिहास' की भूमिका लिखी जो फारसी की एक रूबाई से शुरू होती है। इस रूबाई में सृष्टि की तुलना एक पुरानी पांडुलिपि से की गई है जिसके प्रारम्भिक और अंतिम पृष्ठ खो गए हैं।

यह कहना सम्भव नहीं कि पुस्तक कैसे शुरू हुई और कैसे खत्म होगी।

दार्शनिक खोज का उद्देश्य जीवन और अस्तित्व का अर्थ मालूम करना है। हम अर्थ जानने में भले ही सफल न हों, पर इस खोज को जारी रखना अपने-आप में एक पुरस्कार है।

अव्यक्तादीनि भूतानि व्यक्तमध्यानि भारत ।
अव्यक्तनिधनान्येव तत्र का परिवेदना ॥

मौलाना आज़ाद ने भूमिका एक और फारसी रूबाई के साथ समाप्त की है, जिसका अर्थ है, 'वे, जो इस पथ पर चलते हैं, कभी थकते नहीं क्योंकि यह पथ भी है और मंजिल भी।' उनका जीवन इसका एक सटीक उदाहरण है। यह खोज भी थी और उपलब्धि भी।

इसमें संदेह नहीं कि हमें उन जैसा महान् व्यक्ति– भव्य आकृति, उदात्त साहस और निर्भीक आचरण का व्यक्ति, दोबारा– देखने को नहीं मिलेगा।

•••